Gaea

Gaea

眾神之島2

光風・著

眾神之島 2

目錄

一盒雞蛋的戀愛

人應該都要有自覺。像我，我可以大方承認，自己是很怪的女生。我討厭「生」物，包含植物、動物、人類；也討厭「死」物，例如鬼和石頭。我討厭指甲油，討厭咖啡，還討厭泡芙。可能一般女生會喜歡的，我都討厭。反正我也討厭當一般女生。或許，打從一出生，我就註定當不了一般女生。

我看得見別人看不見的。

一開始，我並不知道。當我在幼稚園看著天花板說，為什麼有人倒掛在上面？同學們認為我愛嚇人，騙人鬼娣娣，他們替我取了這樣的綽號。

我很難形容那種感覺，那種發現自己與他人不同，而且是「不好」的不同，該不該隱藏起來呢？

母親對於我的「陰陽眼」極感頭痛。陰陽眼為我們的生活，或者是說，為母親的生活，增加許多刺激。

有次她在廚房煮湯，窗外站了一名高瘦的男生，眼睛直盯著湯鍋裡瞧。我於是說，媽，妳要不要把冰箱的半根紅蘿蔔加進去，會更好吃喔。她笑了笑說，娣娣，冰箱哪裡有半根紅蘿蔔？窗外的人說的，我說。她抬頭，臉直直對著窗外，與外頭男生面對面。窗外、窗外沒有人呀，她的語氣略帶驚恐，好像正要從家常劇情片進入恐怖片。有呀，就是他告訴我冰箱裡還有紅蘿蔔的。我走去將冰箱打開，果然在冰箱最深處找到半根。媽，妳看，真的有耶，都放到有點乾癟了。

她驚嚇得連叫喊的力氣也沒有，拿著鍋鏟的手頻頻發抖，但還是努力地用鍋鏟將半開的窗戶關起來，並盡可能離窗戶遠一些。那個男生一臉失望，離開前仍叮嚀我：記得把紅蘿蔔加進湯裡喔。

但不要說那鍋湯了，後來母親再也不買紅蘿蔔，甚至寧願廚房裡充滿油煙味，也不再打開那扇窗。

再有一次，我學乖了，她在陽台晾衣服，我叫她先離開。為什麼，她問。我說，有幾個鬼小孩剛剛把洗衣機當遊樂場，在裡頭跟著衣服旋轉，現在頭暈，還在裡面，還沒離開，妳晚點再晾衣服。她大叫一聲，馬上扔下衣服，要才小學的我，踩著板凳幫她晾衣服，自己則是躲在客廳，離得老遠。

遺憾的是，廚房窗戶可以一輩子不打開，但是衣服不能一輩子不清洗，於是後來幾日，洗衣服前，她都會再三確認洗衣機裡面有沒有小鬼。當然，她根本看不見，只好用發白的嘴唇叨唸著：洗衣機不好玩啦，不要來玩啦，旁邊有個公園的盪鞦韆很好玩呦。

再後來，母親決定改變策略，苦口婆心地跟我說：「娣娣呀，以後妳看到『好兄弟』呀，看到就看到了，但不用說出來，知道嗎？好不好？妳最乖了。」

雖然我也討厭當乖小孩，但畢竟被母親慎重拜託了，還是希望能減少她的煩惱。可是什麼時候看到好兄弟，並不是我可以控制的，總是會有那麼突然的時刻。

就像那次放學回家，坐在汽車後座的我忍不住喊出聲，因為副駕駛座上突然出現長髮女鬼來搭便車。

「啊。」

正在開車的母親問：「怎麼了？」

「沒事。」

「妳是不是又看到了？」

「沒有。」

「祂在哪裡？」她從後照鏡看著我，確認我的視線方向，「在我旁邊嗎？真的在我旁邊嗎？」

她太過緊張，彷彿方向盤正在逃出她的控制，不小心，唉，就撞到停在旁邊的機車了。還好沒有人受傷。女鬼倒是一臉抱歉，輕輕飄走了。

欸，老實說，這件事說來絕對是母親的錯吧？她又看不到，緊張什麼呢？人家女鬼乖乖坐在一旁，還繫上了安全帶，也沒吵也沒鬧，只是想搭便車就讓祂搭吧。母親就是想不開。

不過這些都是我國小時候的事了。後來母親受不了我的「實話實說」，在我十歲時，篤信媽祖的她決定帶我去做神明的乾女兒，看能不能幫我把陰陽眼關起來。

聽到要做神明的乾女兒，向來反骨的我，不僅馬上答應，虛榮心也油然而生。哇，以後我就是神明的女兒，誰敢欺負我？我想像自己成為人間的神之子，身後凡人無法看見之處有天兵天將相隨，那氣場之大，無論是人是鬼，都不得不維持一段「禮貌」的距離。太棒了！

母親帶我去媽祖廟的那天，特別讓我穿上參加喜宴才穿的小洋裝，那是一件繡有蕾絲的紅色蓬蓬裙，搭配有著大紅蝴蝶結的髮箍，以及又黑又亮的小皮鞋。小皮鞋在廟宇的磨石子地，踩出了清脆的噠噠聲。

我喜歡來廟裡，廟裡氣場清淨，母親害怕的鬼都會被阻擋在門外。奇妙的是，我看得見鬼，卻看不見神，神像永遠都是一動也不動，不會偷偷向我眨眼微笑，也不會顯現僅有輪廓的飄動彩光。來到這裡，我不僅與正常人無異，甚至因為年幼，身形矮小，又與主神神龕隔著層層供桌，讓我只能在煙香與供花間，看見媽祖的鳳冠與雙眼，無法一睹全貌。

不過這樣也就夠了，我用小小的雙眼確認了媽祖的慈祥，祂作為我的乾媽一定不會像親媽對我生氣打罵。

我們跟著廟務人員的指示，一一持香參拜廟內神明。我插不到香爐，便由母親幫我。直到手中的香都敬拜插完了，她才牽我來到最深處的神龕。我努力踮腳，想要一睹媽祖的聖顏，就算是下巴也好。

殊不知，下一秒母親蹲下了，也拉著我蹲下。一蹲下，便看見一隻被燻得黑黑的、僅從尾巴底端顯露出原本是黃色的老虎。

「娣娣，這是虎爺公，向虎爺公請安。」

向老虎請安？老虎怎麼聽得懂人話，我需要「喵」一聲嗎？最後我選擇了大人式的打招呼，向老虎點點頭。

接下來，母親唸了一長串，像是我的生辰八字啦，家住哪裡啦，因為我看得見鬼而讓她每天心驚膽顫啦，希望虎爺公能收我當「契子」，保佑我平安長大。欸，等等。

我不顧母親還在喃喃低語，拉了拉她的上衣，問：「什麼是契子？」

她不理會我，直到我又用力拉了好幾次，她才語帶生氣地說：「就是收妳當乾女兒啦！哎喲，我還要請虎爺公多多管教妳才行，這麼調皮！」

當時母親的一番話，對我年幼的心靈產生了莫大衝擊。花了好幾秒才意識過來，原來我不是要當媽祖的乾女兒，是要當老虎的乾女兒？我的情緒先是問號，後是驚嘆號，許許多多的驚嘆號。

「我不要！」我說。

「我不要！！！」我又說了一次。

不等母親責罵，我直接跑走，跑到後殿某張鋪有刺繡桌裙的神桌下躲起來。我抱著自己的膝蓋，縮得小小的，有一種不願被世界找到的堅持。

大人們在外頭呼喊，在這嗎？在那嗎？跑去哪裡了？聲音一下近、一下遠。我都不管。畢竟哪有人類去當老虎孩子的道理？

大人很笨的，一直找不到我。不知道躲了多久，躲到我開始想睡覺，打起盹來。恍惚間，我看見一條尾巴，在眼前晃來晃去。褐色帶條狀花紋的尾巴，彷彿有自我意識，朝我勾了勾，要我隨它出去。是廟裡的貓咪嗎？光線太暗，實在看不清。我想要抓住尾巴，每每只差一根手指頭的距離、快要抓住之時，尾巴又倏地收回去。

不行，我一定要抓住它！

我爬起來，也不管蓬蓬裙可能會在地板上磨破，奮力將腳一蹬，伸手一抓！終於抓到尾巴的同時，我也滑出了神桌，被好幾雙尋我許久的眼睛撞個正著。

「娣娣！」母親大喊。

吼，都是那隻貓咪害的。那隻貓咪被外頭光線一照，一身黃皮黑紋顯得更加明顯。祂轉過身，對我咧嘴一笑，收回了尾巴。

我才驚覺，那不是貓咪，是一隻老虎！而現場沒有人看見祂，唯有我。

妳跑不掉的，我們有緣分呀。

「那隻老虎」說話了。奇怪的是，我不是用耳朵聽見的，而是一道聽不見的聲音，溜進我腦袋裡，自己響了起來。

我被母親抓回媽祖神龕下的虎爺公神像前，她說了什麼我記不清了，只記得聖筊在地上擲出三個響亮的同意，而後她為我戴上寫有虎爺公的香火袋。香火袋的紅線，宛如一條牽繩，繩子那頭的虎爺公表情甚是得意，用後腳搔了搔自己的耳朵，再說了一次：妳跑不掉的。

□

自此之後，我再也看不見鬼了。

副作用則是，一天二十四小時，一年三百六十五天，虎爺公都在我身邊，我不想看見祂都不行。就像現在，我已經二十二歲了，還是能看見祂仰躺在我的床上，袒露肚子，舒舒服服地打盹，鼾聲震耳。

照理說，我應該要感謝祂的，感謝祂關掉了我的陰陽眼。只是呀，祂隨心所欲的個性實在讓我招架不住。一下子像個「虎爸」，叮嚀我應該這樣那樣，一下子又恢復動物的本性，玩耍、發懶、曬太陽。祂沒有精神分裂，我都快要精神分裂了。

索性，我都假裝看不見祂。反正不是有很多小孩長大了就看不見原本能看見的東西嗎？

當然，這種做法是瞞不過虎爺公的，但祂也不戳破，還是照常碎唸我、在我身邊繞來繞去，不在意我的「刻意無視」。

我沒有跟母親說我看得見虎爺公。可能是在氣她吧，氣她不是讓媽祖收我當契子。她倒好了，我看不見鬼的日子，她過得開開心心，還直說虎爺公真是靈驗呀。真想讓她看看，虎爺公聽見這稱讚，把下巴高抬得快骨折的樣子。

沒了陰陽眼，近幾年母親的叨唸也少了。然而最近，縱使我已經搬出家裡，北上讀書，她仍能用一通電話找到我，並叨唸起「另一件事」。

「娣娣呀，妳什麼時候回來呀？」

我翻了翻行事曆，現在才十月，「可能春節吧。」

「妳回來，不要只有妳回來耶，妳可以帶朋友回來，知道嗎？」

「我沒有朋友啦。」

「哎呀，怎麼會沒有朋友，班上應該有那種高高帥帥、笑起來像李到晛的男生吧？」

母親最近在看韓劇《黑暗榮耀》，迷上裡頭的年輕男主角。

「沒有。」

她也不繞圈子了，「妳什麼時候要交男朋友啦？」

「傑克森就是我的男朋友。」

電話大抵都是這樣結束的。每當我說傑克森就是我的男朋友，母親就會在電話另一頭「怨嘆」，甚至直接雙手合十，隔空向媽祖和虎爺公祈求起來：請保佑我們家娣娣早點交到男朋友呀，就算長得不像李到晛也沒關係。

我說的傑克森，是一隻變色龍。討厭任何生物的我，唯獨喜歡變色龍。可能變色龍實在過於獨特。牠的頭像恐龍，背脊似群山頂峰，尾巴捲曲形狀如蝸牛殼，皮膚上的顆粒狀鱗片又像泡泡紙，舌頭的伸長功能不輸長頸鹿，還有牠的變色技能充滿科技感，集結各種元素於一身，既古代又現代。

不過老實說，我最欣賞的，是變色龍一點也不親人的特性。養了好一陣子，牠還是會咬我。牠咬人很笨拙，也不太痛。

完全不贊成我養變色龍的，除了母親，還有虎爺公。可惜一般人看不到，不然真應該瞧瞧虎爺公第一次見到傑克森時的表情，猶如貓咪聞到特殊氣味的裂唇嗅反應——虎爺公眼睛瞪大，嘴巴也張大，屏住呼吸，一臉不可置信。

我沒理祂，自顧自地整理傑克森的「雨林箱」。

雨林箱大概同一台單門冰箱那麼大，裡頭擺了幾株盆栽，盆栽名字我也記不清了，顏色有的蔥鬱，有的淺青。在各式形狀的葉與葉之間，我鋪設了六根杜鵑木，木條粗細錯落，是變色龍行走的步道，也是牠的瞭望台、發呆處。雨林箱的頂端有兩盞燈，一盞是有特殊波長的紫外線燈，幫助變色龍形成營養素用的；另一盞則是專門提供植物照明的燈具。

既然是雨林，當然少不了雨水的模擬。我檢查了自動噴淋器的噴頭，確認它的角度與定時功能都在最佳狀態。我對著雨林箱東看看，西瞧瞧，確保傑克森的世界安靜舒適，外頭任何變化都不會影響牠。

都確認好之後，我把傑克森放回去。傑克森對外面的世界一點留戀也沒有，立刻從我手上爬進箱子裡，攀上牠最喜歡的那枝木段。

不是吧，妳養一隻變色龍幹嘛？虎爺公說。妳如果孤單寂寞覺得冷，我可以陪妳呀，變色龍好麻煩又好無聊耶。而且妳知道吧，牠是變溫動物，冷血的。

虎爺公雖然這樣說，卻因為好奇，跑去逗弄傑克森。祂離雨林箱極近，幾乎要把臉貼上去，偶爾還會將尾巴穿進箱子裡，試圖確認傑克森看不看得見祂。身為一隻變色龍，傑克森的眼睛轉動角度極廣，甚至還可以兩隻眼睛望向不同方向。然而虎爺公的尾巴無論在牠面前怎麼擺動，傑克森都無動於衷。

唉，道不同，不相為謀。

虎爺公繞到後頭，研究起傑克森的尾巴。祂看了看牠的尾巴，又看了看自己的，似乎也想將尾巴盤成蚊香狀，但怎麼都不成形。奇怪了。祂說，並用虎掌去逗弄傑克森的尾巴。幾秒鐘後，原本呈現翠綠色的傑克森，竟然慢慢變成深棕與紅褐交錯。

欸，你是不是其實看得見我？哈囉，傑克森，我是虎爺～～～

虎爺公異常開心，語氣裡都有了波浪。

變色龍會變色，有很大一個原因是來自壓力。無論傑克森是真的看得見祂，或只是感應到什麼，我都很肯定，那個壓力就是虎爺公給的。為了避免直接與虎爺公對話，我滑開手機，找了一支變色龍變色的科普影片，刻意將音量放大，希望藉由YouTuber的嘴來提醒祂不要再玩傑克森了。

這方法大概是奏效了，過沒幾分鐘，虎爺公維持了一個禮貌的距離，而傑克森也恢復了原本的顏色。牠們相安無事。

□

北上唸書，自然不只是在房間裡照顧傑克森。該上課，就上課。有課的日子，總要走很長的一段路。這是我刻意選的，我刻意選了離學校有些距離的地方租房子，徹底遠離班上同學的生活圈，遠離那些邀約不斷的喝酒與喝咖啡。

租屋處與學校，其實也不是真的很遠，不過隔了一條六線道的大馬路，氣氛卻截然不同。學校與商圈在同一側，買東西吃東西都方便，過了馬路的這側，一排排老公寓安安靜靜地彼此緊挨著。因此每次上學，我都有種從安詳到熱鬧的不適應感。母親或許要罵我老氣橫秋。

這天，就在我去上課的途中，離馬路僅剩兩個路口的時候，我聽見一聲很微弱的貓叫。找了找，才在轉角植栽陰暗處，看見一隻毛色黑白的小貓。貓咪真的很小，應該才幾個月大，不知是害怕還是撒嬌，喵喵喵地叫著。我不是很喜歡毛絨絨的動物，只蹲在路旁隔著一段距離看牠。但牠見了我，像見到親人，朝我走來，腳步顛晃。

牠是要找我，不是要找妳。虎爺公說。

祂用腳掌降落在地，讓小貓得以親近祂。祂和牠面對面，小貓沒有發出任何聲音，虎爺公卻一邊點頭，一邊嗯嗯嗯地回覆。在路人眼裡，或許是一名女學生蹲著逗弄貓咪但不得青睞；在我眼裡，卻是一隻中型犬大小的虎爺公正在同一隻小貓對話。

看來沒我的事，我還是乖乖去上課。

走離開沒幾步，虎爺公便叫住我：牠迷路了，我們送牠回家吧。

這是虎爺公頭一次這麼明確地與我對話。平常祂只是在一旁碎碎唸，不管我到底有沒有聽進去。

見我沒反應，祂又說：娣娣，牠現在又餓又累，只想回家。

可是我要上課耶。可能是抗拒心理，這話我是在腦裡說的，不是用嘴巴說的。

妳去了就會發現今天停課，你們老師拉肚子請假了啦。而且妳不是原本就不喜歡那堂課嗎？

這倒是，哲學概論。

走啦，走啦。

祢神通廣大，不能自己送牠回去嗎？

祂聽見讚美，忍不住把頭仰起來，說了句不負責的話：可是牠走不動，需要有人抱牠呀，總不能讓牠平空飛起來吧。

沒辦法。我轉過身，從背包裡拿出一個小提袋，將小貓裝進去，大小剛好能讓牠好奇探出頭。

所以，我們要往哪邊走？

這邊，這邊。

虎爺走在前頭，威風凜凜。

不知道祂是如何知曉小貓的家在哪裡的，是氣味？是時空交織的軌跡？還是神明天生的本領？

是小貓告訴我的啦。祂沒好氣地說。

祢可以不要偷聽我的心底話嗎？

這是神明天生的本領，我沒辦法控制呀。

「不然我們約定好，我開口講話，祢再回應我。」

蛤，這樣很麻煩耶，我會忍不住回應呀。而且這樣不就變成妳在自言自語了嗎？妳不怕被當成怪人喔？

「反正我……」

我們才剛轉進一個巷弄，前方一名頂著鳥巢頭的男孩突然對著我大喊，連虎爺公都被這突如其來的聲響嚇到。

「咪咪！」他朝我跑來，半長微鬈的頭髮遮住了他的右眼。「不好意思，這隻貓是我走失的貓，請問妳在哪裡找到牠的？」

小貓還在袋子裡，僅露出半顆頭，他是怎麼一秒辨識出這就是他走失的貓？帶著懷疑，我往後退了半步，拉開距離。

「不好意思，你要怎麼證明這是你的貓？」

「牠的尾巴半截黑半截白。」

我往袋子裡看，確實，小貓的尾巴是特殊的半截黑半截白。於是我將提袋遞給他，「貓咪你抱走吧，袋子是我的，要還我。」

「對，好。」他把貓咪接過去，想了想，雙手合十地說：「抱歉，妳可以幫我一個忙嗎？拜託！不會耽誤妳太多時間！」

欸，我才不要。我心想，決定找理由拒絕。

他不斷地拜託，甚至把合十的雙手舉到額頭，宛如在敬拜廟宇裡的神明。

虎爺公倒有興致，甩了甩尾巴說：放心，他是好人，妳就幫幫他吧。

人情就是這樣麻煩，會逼妳去做妳本來不想做的事。

我跟在男孩後頭，隨他上了二樓，他住在附近同樣沒有電梯的老公寓裡。虎爺公感知到什麼似地，比我們快一步穿門而入，一秒後，跑來我身邊說：哇，裡頭好好玩，進去妳會嚇一跳！

「有什麼好嚇一跳的。」我說。

男孩聽了倒真的嚇了一跳，停下準備將鑰匙插入門鎖的手，「妳說什麼？」

我揮了揮手，暗示他專心開門就好。他點點頭，語帶擔憂地說：「裡面可能有點亂，希望妳不會嚇到。」

門一敞開，那是異世界之景。

貓咪，貓咪，好多隻貓咪，在桌上、椅上、書上、拖鞋上、窗簾上，只差沒有在天花板上。毛色有白的、黑的、花的、斑的、條的，可能接近十隻，都是幾個月大的小貓。牠們玩到目中無人，主人回來也沒有過來討摸討抱，彷彿唯一的任務就是將房間全部玩亂。

男孩解釋，現在剛好是放風時間，不然平常都會關著。我順著他的視線，看見了一排的貓籠、飼料碗，以及錯落在各處的貓砂盆和水碗。妳坐，妳坐，他用黏毛滾筒先將沙發滾了一遍，示意我可以坐下。他又幫我倒了一杯水，再順手把原本在餐桌探險的小白貓抓起，安放在地上。

眼前的場景，綿綿不絕的喵喵聲，讓我頭暈。我感覺自己像是一腳踏入男孩布置的大型雨林箱裡，無法逃脫。

我想盡快離開，便問：「那個，請問，你要我幫你什麼？」

他指了指暫時用紙板遮住的破洞紗窗，「我想把紗窗補起來，咪咪就是這樣跑出去的。只要麻煩妳坐在那裡，幫我稍微看顧一下咪咪就好，可以嗎？」

他表情又擔憂起來，「不好意思，希望妳不會覺得我很怪。當然我也可以把牠們關起來，再好好修補紗窗。但現在是牠們的放風時間，就這樣把牠們關進去，牠們會很失望的。」

我沒說什麼，只問：「咪咪就是剛剛那隻黑白貓嗎？」

「房間裡所有的貓咪都叫咪咪。」他又說，「這裡是貓咪中途之家，未來這些貓咪都會被領養走。」

他邊說，邊把紗窗拔了下來，平放在地上，再一一拆掉四邊的紗網。

他說，他喊所有的貓咪「咪咪」，是提醒自己要一視同仁，以及，這些貓咪總有一天都會離開。如果有了個別的名字，會投入太多感情。即便如此，每次有咪咪被領養走，他都還是會不捨地想哭。

「不過，只要牠們過得好，就好了。」這話，他好像是講給自己聽的。他擤了擤鼻子，似乎又勾起他想哭的念頭。「而且我相信，即使牠們有了新的名字，也一定會記得有人喚牠們咪咪的日子。那麼，也是永遠記得我了。」

他動作很熟稔，一下子就把紗窗換好了，可能換過許多次了吧。他口中的咪咪，看似可愛，但每一隻都破壞力極大。

當他還沉溺在來日的道別、悲傷與幸福兼具的想像中時，有隻虎斑貓一個揮手，把我的水杯推下了桌子，頓時水濺得到處都是。一部分的水漫向了木板上的日光，因而折射出晶瑩的光點，引得屋內貓咪紛紛朝四散的光點奔去。

我大概永遠也無法理解男孩。喔對，他說他叫斑斑。我無法理解斑斑，為什麼願意活在空氣裡隨時飄浮著貓毛的房間，為什麼願意照顧日後勢必要道別的貓咪，以及，為什麼願意讓來來往往的領養人與命運未知的貓咪們，進入他的生活。

這些疑問在我忙了一天回到家、準備就寢時，還懸浮在心頭。

妳就是孤僻。與一群貓咪玩了一下午的虎爺公，伸了懶腰，換了最舒服的姿勢，準備入睡。

「誰孤僻呀，我不是有傑克森嗎？」

我打開雨林箱，拿起噴水壺，朝傑克森灑水。水滴落在葉子與樹枝上，落在牠皮膚的奈米晶格間，也落在牠圓滾的眼睛上。牠一轉動眼珠，水珠瞬間掉落，彷彿不曾停留。

打理完，我躲進被窩中，凝視漆黑房間中唯一的光源，就在傑克森的頭頂。或許我是羨慕傑克森的。一個箱子就是世界，有光，有水，有樹林遮蔽，隻身也能活得好好的。

但那也要有人養牠，才能這麼爽呀。虎爺公趴在小沙發的抱枕上嘀咕。

我可以自己養自己，這樣更好。我在腦裡反駁完，就深深睡著了。

□

開始與虎爺公對話之後，祂反而沒那麼「黏」我了。祂偶爾會交代說自己要出門幾小時，也都會在祂說的時間內準時回來。

這次我忍不住問祂去了哪，祂一臉神祕地說：我們只是室友與室友的關係。神明的事，不要問這麼多。

「好——喔——」我拖著長長的尾音，這般無禮地回祂。

如果妳眞的很想知道，我也是可以告訴妳。我在人間可是有很多眼線的，比如說警察啦……

「不——用——喔——謝謝。」我直接打斷祂的話。看祂氣壞的神情，最好玩了。

但人家畢竟是神，還是要稍微安撫。幸好，虎爺公的喜惡分明，只要拿出祂喜歡的，比如說生雞蛋，祂就會馬上忘記自己在生氣。

這次別用生雞蛋打發我，我想去寵物用品店。妳是不是還沒買傑克森吃的蟋蟀？

好吧，除了雞蛋，虎爺公還很喜歡逛寵物用品店。

我們出門，來到離家最近的寵物用品店。虎爺公陪我到爬蟲類區，等待店員準備一整盒活潑亂跳的蟋蟀。

祂不是很喜歡蟋蟀。瘦巴巴，脆脆的，吃完感覺嘴巴會很乾，有什麼好吃的。不如生雞蛋，又軟又嫩，還很濕潤！祂像美食家般如此評論。祂也不喜歡烏龜呀，蜥蜴呀，蠍子呀。沒什麼互動性，好無聊。祂這邊嫌、那邊挑，以為自己是專業的寵物飼養家。

不過看到蛇的時候，祂倒是盯了好一會，接著點點頭，說了些話。讓我想起哈利波特也能跟蛇說話，魔法世界稱這樣的人為「爬說嘴」，是非常稀有的能力。

「祢是爬說嘴耶。」

爬說嘴是什麼？那隻蛇請我幫牠向玄天上帝請安，牠說牠這輩子會好好修行。

「玄天上帝管這個嗎？」

祂腳底不是踩了一隻蛇嗎？蛇總是特別崇拜祂。

「蛇這麼M喔？」

M是什麼？

「有點喜歡被虐的意思。」

那妳好像也是M。

還沒來得及反駁，虎爺公一個移動，已經去到貓狗展示區。裡頭的小貓和小狗，原本在睡覺的、自閉的、發呆的，瞬間都清醒過來，朝著玻璃窗外的虎爺公吠叫、揮爪、歪著頭瞧。

虎爺公走過去，宛若沒有玻璃般，直接進到展示區裡，用祂的尾巴或虎掌，輕輕撫過這些小動物。我不知道虎爺公在那樣的過程裡，是否偷偷使用了神力，那些被撫過的，全都輕輕閉上眼，如迎微風。錯覺似地，我總覺得牠們的毛色變亮了，情緒也變好了。

牠們都是可憐的小傢伙，一出生就從母親旁邊被帶走，身邊又是一群不認識的傢伙。在這吵吵鬧鬧又陌生的地方，還要等待有人買牠，買下牠的人又不一定是好人，那就更慘了。

「那祢對牠們說了什麼？」

我祝福牠們能遇到好人家。遇到困難隨時跟我說。

難得虎爺公講出符合神明身分的話語。我看著那些不知命運、不經世事的小傢伙，心裡頭也默默祈禱起來，希望牠們每一隻都能遇到像斑斑那樣的人就好了。

才當正經神明沒幾秒，虎爺公就一臉期待地吩咐我：對了，離開前，買一包H牌貓咪潔牙餅乾，聽其他虎爺說很好吃。我要紅色包裝的口味喔。

嘖。知道了。

□

就在我幾乎忘記斑斑與他家裡的咪咪們時，某日下午，我在租屋處的樓梯間遇見了斑斑。

我們不約而同地說了：你怎麼在這裡？他指了指樓上，說有個女生領養走一隻咪咪，剛滿一個月，他來關心她們的狀況。我指了指左手邊的門，表示自己住在這裡。真巧，他說。隨即我發現他的眼睛和鼻頭都有點紅，不知是剛哭過，還是快要哭出來。他用手背抹了一下鼻子，試圖阻止快流下來的鼻水。

真拿這個人沒辦法，我想。

「我拿衛生紙給你。」我轉身開門。

他直說不用，他的情緒等一下就會平復了。每次都這樣，他已經習慣了，看見咪咪被照顧得那麼好，他太感動。

受不了他那敏感又婆媽的個性，我直接問：「要不要來我家看變色龍？」說完，覺得似乎哪裡不妥，我又說，我覺得滿酷的啦，看你想不想看。

「嘿，我只在網路上看過『要不要來我家看貓咪』的哏圖。邀請人家去看變色龍，妳可能是全世界頭一個。」他忘記想哭的情緒，笑了出來。

「好啦，那不要。」我踏進家門，準備從裡頭把門關上。

「我要。」他輕輕擋住門，又說了一次，「我要看變色龍。」

被他認真的眼神這麼注視著，我感覺自己快要臉紅。那、那就快進來，不要在門口囉囉唆唆的。我說，語氣煩躁。

這世上能讓我感覺煩躁的，第一名是虎爺公，第二名是我媽，第三名就是斑斑了。

他進了屋，禮貌性地，只是站在原地環顧四周，直到我指了雨林箱的位置，他才興奮走去。好可愛，他驚呼。我在想他要嘛用詞錯誤，要嘛所有生物他都覺得可愛。變色龍應該是「獨特」，而不是可愛。

娣娣呀，妳竟然帶男朋友回來，趕快打電話跟妳媽說，讓她可以放心了。

我懷疑虎爺公說話是挑過時機的，祂突然從我身邊走過，驚得我差點拿不住手裡的水杯。

不是男朋友。我幾乎是歪著嘴，把聲音從齒縫裡擠出來的。

我走到斑斑身後，把水杯遞給他。他接過水杯，一股腦地問了一堆問題：牠吃什麼？牠叫什麼名字？妳叫牠，牠聽得懂嗎？會咬人嗎？箱子的燈二十四小時都要開著嗎？這些植物是妳選的嗎？這個箱子是妳一個人組裝的嗎？牠可以活多久？我可以摸牠嗎？

回答完他全部的問題，一個小時就過去了。還以為這樣的問答到了盡頭，不料他又吐出一句：「妳為什麼想養變色龍？」

見我沒有回答，他看了看我，又看了看傑克森，「我覺得會想養變色龍的人，好像有點寂寞耶。」

我還來不及反駁，他就語氣輕柔地說：「當然變色龍是很獨特的生物沒錯。超酷的。但『獨特』的『獨』，不也有種他人無法理解，只能獨自一人的意思嗎？」

他的話語在午後慵懶的空氣中緩緩發酵。原本僅以抽象意涵存在的「寂寞」兩字，被他說了出來，頓時變得具體。彷彿傑克森就是我的化身，在小小的雨林箱中，在小小的宇宙中，只能感受到自己的重量，別無他人。

我才不寂寞呢。我說。我從小就不寂寞，我從小就能看見其他人看不見的東西。對，像鬼那類的。看不見的人才寂寞。看不見的人，在肉眼的世界裡不知道另一個世界有多麼熱鬧。雖然母親後來帶我去當虎爺公的乾女兒，被關上了陰陽眼，但我看得見虎爺公喔。虎爺公就是一隻大貓，非常傲嬌，喜歡碎碎唸，有時候還會嗆你，總之非常任性。祂現在就在這個房間呀，在你旁邊。可惜你看不到，不然你會看見祂用尾巴輕撓著你，以你身體為中心繞一圈，再用鼻子聞你鳥巢頭的髮味。祂想知道你這種髮型洗不洗得乾淨，臭不臭。祂說，嗯味道還可以。上次在路邊找到那隻咪咪，就是虎爺公要我送牠回去的。

「所以，我並不寂寞。」我又說了一次，抵擋內心某處的顫抖。

斑斑沒有說話，許久許久，我們只是一起凝視著雨林箱裡。噴水器準時降雨，落在傑克森頭上。牠仰起頭，享受水的沐浴，似乎同時也在感受基因裡對於雨林的記憶。牠也會想起住在雨林的同伴嗎？有著各自變色光譜的牠們，攀在樹上的各種位置，紅、藍、綠、黃地變換顏色。

「那就好。」斑斑這句話說得很輕很輕，彷彿是在為某隻待認養的咪咪獻上誠摯祝福。

□

其實，我很懊惱。為什麼那日要對斑斑說那麼多。我們只見過兩次面而已。是因為他一提到咪咪就眼眶泛紅、內心柔軟得像棉花糖，表情又像無害的小動物那般讓人放下戒心嗎？況且，他真的相信虎爺公存在嗎？說不定他覺得我腦袋不正常。嘖。下次不會了。絕對。

妳確定之後還會遇到他嗎？虎爺公睨視著我。

「不會嗎？」我問。

我又不是月老，我怎麼知道。祂整個翻身朝上，露出白嫩的肚子，享受窗邊照進的陽光。

我想起斑斑摸咪咪的方式，從臉頰下緣開始，搔搔搔，搔到下巴，再順著毛到肚子。斑斑說，有些貓不喜歡被摸肚子，所以妳要摸慢一點，小心確認牠們的喜好。

我走過去。這好像是除了幼時抓住祂尾巴後，第一次想要摸摸虎爺公。

摸得到嗎？

我手探到虎爺公的臉頰，看似摸到了，但手指一點感覺也沒有。然而虎爺公卻說：對，好，這裡很舒服，下巴，下巴有點癢，幫我抓一抓。

那種感覺很奇異，對方因為你的動作而有所感受，你自己卻一點感覺也沒有。

像極了愛情。虎爺公說。我是說，妳和斑斑，妳被他「煞到了」。

就算是神明，說話也不能這樣口無遮攔吧？

被虎爺公那句話氣到，我將原本在書桌上的東西，水壺、錢包、筆記本、鉛筆盒，一股腦地扔進背包裡，立刻出門。

我腳步極快，思緒紛亂，看路上什麼小石子都不順眼，想要踢一腳。胡亂走了一陣，才發現自己還在大馬路的這一頭，在滿是老式公寓的地盤裡繞不出去。我轉過身，想要去附近一座小公園坐坐，卻撞到了人。

就是罪魁禍首，斑斑！

「你在這裡幹嘛？」想也知道我不可能有什麼好口氣。

他略微尷尬一笑，說本來要去找我，在路上看到我好像在生氣，只敢默默跟在後頭走。

「找我要幹嘛？」我還是沒給他好臉色。

「有事情想要拜託妳。」他展示手上的紙袋，「我們去妳家邊吃蛋糕邊說？」

客廳，沙發，虎爺公坐在放有抱枕的一人小沙發上，我坐在另一個雙人小沙發，而斑斑像日本人一臉正經地跪坐在地毯上。

現在是怎麼樣？虎爺公問。

我也不知道。我用心電感應回答。

妳說，虎爺公坐在那邊嗎？這句話是斑斑問的。我點點頭。斑斑把身體轉向虎爺公的方向，雙手合十，「虎爺公……」他聲音略微乾啞，喝了口水，又說了一次，「虎爺公，我想要請您幫忙。」

斑斑說，半年前曾有隻三花貓被領養走。

「領養人是一名中年男子，他說他很喜歡三花貓的花紋。雖然他話很少、看起來又有點陰沉，直覺上我不是很想把咪咪交給他。但是我們判斷一個人總不能靠直覺吧？他又來了幾次，似乎真的很喜歡三花咪咪。後來知道他在銀行業上班，上下班時間固定、收入又高、自己一個人住，咪咪應該能被照顧得很好，我們就辦了領養手續。起初第一個星期，我還聯絡得上他，請他拍幾張咪咪在新家的照片，他都說最近很忙，之後再傳。但再之後訊息就完全不讀、電話也不接。我去過他住的大樓，因為太高級了，有門禁有保全，我被擋在外面。我也曾經在外面等了他一天，好不容易他下班回家，看到我只說貓咪都很好，請不要來打擾他，要保全把我趕出去。我總覺得他在隱瞞什麼，實在好擔心咪咪。但我又沒有任何辦法。」

斑斑說這一連串的話，焦急得眼睛開始泛淚，放在大腿上的雙手緊緊握拳，好像在責備自己的無能為力。

「虎爺公拜託您，可不可以幫我去看一下咪咪？我只要確定牠過得好就好，我沒有要打擾他們的意思。拜託！」他合掌的雙手，高舉到額頭，如同我們相遇的那天。

虎爺公不動聲色，似乎在思索著什麼。

「虎爺公，祢就幫幫他吧。」我忍不住開口。

祂聽了，抬了抬眉頭，一臉「妳現在是在拜託我嗎？」的表情。

「對，對，我也拜託祢。拜託啦，以祢的神力，去一棟大樓走走應該很簡單吧。」

聽見我這席話，祂滿意地點點頭，說：我只有一個條件……

「虎爺公說，祂只有一個條件……」我將祂的話轉達給斑斑，斑斑發出嗯嗯聲狂點頭，還說要他做牛做馬都可以。

下次……

「下次……」

虎爺公從鼻子吐出一團熱呼呼的氣息，堅決地說：下次要帶雞蛋給我，我不喜歡蛋糕。

□

協議就這樣達成了。斑斑聽完，本來想立刻去最近的便利商店買一盒雞蛋，但我說確認咪咪的狀況要緊，我們先去男人居住的大樓。

那棟大樓位在精華地帶，四周都是新型豪廈。一樓大廳雖然皆是玻璃落地窗，卻使用特殊的半霧窗貼，讓人無法輕易探看內部，極具隱密性。門口有一位穿著黑西裝的保全，站在那裡守望。從偶爾敞開的挑高大門看進去，有一座長條形的櫃台，站有兩名接待人員，一男一女，他們背後懸掛了一幅看上去頗為昂貴的油畫，充滿金彩。

斑斑說，他差不多在離櫃台四片高級大理石磚的地方，因為被保全喝斥，重心不穩跌倒了，他還記得當時手掌所觸摸到的地面有多冰冷。他的口氣，不像在講一件氣憤羞愧之事。

虧他當時有勇氣闖進去，還沒有留下陰影。要是我，做不來。

虎爺公聽了，只說這簡單，語氣輕鬆。祂輕巧地走過去，經過西裝保全，直接穿透森嚴的大門，接著，我就看不見祂了。

我進來了。祂答應用心電感應與我保持聯繫。哇，這幅畫很漂亮耶，畫得好像是某種花。

「祢不是去玩的。」我說。

「祂在幹嘛？」斑斑問。我轉述了那幅畫。「對，那幅畫真的很漂亮，我那時候坐在地上看到也這麼覺得。」斑斑回。我實在很想翻這兩位白眼。

好啦，我在等電梯了。這裡有幾層樓呀，電梯等很久耶。二十九？人類住這麼高幹嘛。

「記得，那個房間是二十五樓之二。」

電梯倒是跑得很快。哇，咻地一下，到啦，我到二十五樓了。地板也打掃得很乾淨，會反光耶。之二，之二，喔，就是這裡。好，我要進去了。

宛如無線電斷訊，虎爺公大概有十分鐘都沒有聲音。

「娣娣，虎爺公還好嗎？」斑斑一臉擔憂地問，「我們需不需要報警？」

「虎爺公是神，哪需要報警。」我試圖與虎爺公聯絡：「虎爺公，發生什麼事了嗎？」

虎爺公沒有回應。這是頭一次我呼喚祂，祂完全沒有回應。

再等一下，我不肯定地說。

我和斑斑站在對街大樓轉角的側面，這裡剛好是待出租的空店面。我們一會露出半個頭遠望大樓動靜，一會看看飄過烏雲的天空，一會嘲笑彼此的白色帆布鞋磨黑的程度。

然而，又一個十分鐘過去，再一個十分鐘過去，虎爺公沒有捎來任何訊息。自從我看得見虎爺公以來，我們從未失去聯繫這麼久。

此刻的感覺，很像小時候我躲在媽祖廟神桌下面的那次，不清楚大人們的動靜，也不知道要等多久，甚至我也被弄糊塗了，到底自己是想被找到還是不想。現在我才明白，當時包圍著年幼的我的暗湧空氣，是名為「未知」的不安，它會將一秒鐘拉長成一分鐘之久，讓四周頓時變得安靜，同時也變得吵雜。

其實那時，我好希望有人能告訴我：好啦娣娣，別再賭氣了，一切都會沒事的。虎爺公就是那時候出現的，用祂的尾巴，帶領我走出漫長的未知，還一路陪我到了現在。

如果有一天，我變回正常人，變回無法與虎爺公溝通的正常人，世界又會是怎麼樣呢？我想像，那些因為祂而生氣、驚嚇、無奈、安心的時光逐一消失，日子變得單薄透明，猶如生活在巨大的雨林箱，安靜，沉悶。世界在外頭，我始終沒有走出去，孤獨一人。

這個想法令我害怕，但令我更害怕的是：此時此刻，我是不是已經變回正常人，永遠失去與虎爺公的連繫？

我很緊張，想要拉出從小佩戴在脖子上的香火袋。母親每年都提醒我要回媽祖廟重新換紅線，這樣我和虎爺公的連繫才不會斷。我倔強，總是想到才換。上次換是什麼時候？兩年前嗎？

香火袋被我從上衣拉出來的那刻，可能力道過猛，袋身與紅線的連接處直接斷裂。我緊緊握著香火袋，宛如握著纖細而不可測的緣分，並在心裡用力祈禱，希望虎爺公能從遠方聽見我的聲音。

虎爺公，拜託。拜託不要消失，請回應我吧。

「娣娣。」斑斑突然牽住我的手，很小聲地說：「後面是不是有黑衣人正在靠近我們？」

我用餘光偷瞄，還真的是！一名高大的黑衣男子，很明顯朝我們的方向走來。不可能是巡邏大樓四周的保全吧？要跑嗎？

跑吧。斑斑用無聲的嘴型說。

我們正要邁開步伐，我的手臂卻被男子從後面一把抓住。他喊了我的名字：「妳就是娣娣嗎？」

下一秒他說：「是虎爺公叫我來的。」

黑衣男子表明自己是警察，多年前從廟裡分靈請回一尊虎爺公，請祂幫忙「咬壞蛋」。後來他偶爾可以聽見虎爺公的聲音，透過這樣的「線報」，讓他破獲多起兒童家暴和動物受虐案件。

我在人間可是有很多眼線的，比如說警察啦……

我想起不久之前，虎爺公好像有說過這件事……原來虎爺公出門的那幾個小時，就是去辦案嗎？

警察又說，這次也是虎爺公來報信，才知道大樓陳姓男子有虐貓的行為，他已經請同事和農政單位來支援，等下他們就會直接進屋搜查、逮捕犯嫌。

「看，他們來了。」他指著大樓門口，一台警車，一台公務車，人員紛紛下車，讓門口保全頓時十分慌張。

他帶我們走過去，示意我們在樓下等待就好，自己則上樓支援去了。

我和斑斑在大門外，迎著不斷吹來的風，身體有些顫抖。我知道，那並不是風的緣故。斑斑緊緊牽著我的手，神情緊張，擔心警察口中的「虐貓」，不知道情況嚴重到什麼程度？在這等待的二十分鐘裡，我們只是牽著手，沒有說任何一句多餘的話，因而更加感受到彼此手掌的緊密。

後來的事，都像電影，極快，也極慢。

陳姓男子被上了銬，警察一左一右押著他出來，上了警車。過程中，男子完全沒有抬頭。接著，是虎爺公，祂仰著頭，踩著雀躍驕傲的步伐出來，很是滿意。後頭是獸醫和裝在貓籠裡的貓咪，有好幾隻，都是三花貓。牠們看起來都很虛弱，據說長時間被關在狹小的空間，例如，微波爐、烤箱、抽屜、洗衣機，身上的毛混著罐頭屑、貓砂、尿與糞便。生性愛乾淨的貓怎麼受得了。

如同第一次見面時，斑斑只看了一眼提袋裡露出的半張貓臉，就能認出咪咪，這次斑斑也是很快就從數隻三花貓裡，找到他的咪咪。令我覺得分辨貓咪是不輸給陰陽眼的特殊能力。

他隔著籠子，輕輕哄著牠。「沒事了咪咪，沒事了。」我想在他流下的諸多眼淚中，肯定有幾滴會穿越重重障礙，滴落在咪咪眼睛上方的鬍鬚上。牠舔著，鹹鹹的，是安心熟悉的味道。動物有靈，咪咪一定知道，眼前的斑斑是多麼努力想找到牠，並且希望牠快樂平安。就算牠不知道，虎爺公一定也會告訴牠。

除了那隻咪咪，斑斑也試圖安撫所有的三花貓，那麼，牠們都是他的咪咪了。斑斑激動急切的模樣，讓獸醫允許他陪同救護，一起上了專用車，離開了我和虎爺公的視線。

不知為什麼，可能是情緒放鬆下來，又或者是我還看得見虎爺公，我也有了想哭的衝動。我忍不住抱著膝蓋蹲下，如同小時候那樣。原以為虎爺公會調侃我說，哎呀，我才不在一下子就這麼想我呀。沒有。祂反而一反常態地貼上我，祂毛絨絨熱呼呼的身軀頓時變得真實無比，讓我有了倚靠的重心。

娣娣，妳也做得很好，不愧是我的孩子。祂用從未有過的溫柔聲音如此說。

□

那天之後，我已經兩個月沒見到斑斑了。斑斑也不曾主動來找我。最糟糕的是，我們只知道彼此的住處，卻完全沒有聯絡方式。有時候，趁虎爺公不在，我會散步到斑斑家附近，暗自期盼能遇到他。但，還是沒遇到。

或許吧，自始至終，我們的關係都是倚靠咪咪才存在的。咪咪都安全了，那麼任務也結束了。短暫的夥伴關係沒有延續的必要性，或者是說，其實斑斑需要的是虎爺公而已，並不是我，我只是協助溝通的角色。因此對他來說，我怎麼可能比咪咪和虎爺公重要呢？

母親打電話來，探問最近有沒有認識新男生，我仍是回答那一句老話：「有呀，傑克森。」

傑克森過得很好，我比以前更用心照顧牠，可能是被斑斑影響的關係，又或者其實是被虎爺公影響？偶爾，我會放傑克森出來走走，在我的手臂上，或是我刻意裝飾的樹枝上。牠還是會咬我。但我就是喜歡這一點。

我不想承認的低落，被虎爺公看在眼裡。祂常跟我說：安啦安啦。我總反問是要安啦什麼，祂卻又閉口不說，表情像是祂快被亟欲脫口而出的祕密給噎死，那個祕密大概有十顆雞蛋加起來那麼大。

哼，願神保佑祂。

接著，寒假要來了，我預計回南部過年，於是整理起房間。聽見對講機電鈴聲響起，我停下手邊工作，拍了拍手上的灰塵，下樓。是郵差來送掛號信。可能是快過年的緣故，郵差的工作量直接爆炸，機車上的信籃裡放了滿滿的信件。郵差擺了擺手，無奈地說不知道能不能在年前送完，又補了一句，抱歉讓妳晚了點收到信。

我收到的掛號信很奇怪，沒有署名，地址還在附近同一區。這麼近，乾脆直接丟我信箱不就好了？用掛號還真是浪費錢。打開後，是一張邀請卡，上頭寫著：請在二十八號下午兩點半到附近的連鎖咖啡廳，邀請娣娣與虎爺公，斑斑敬上。

斑斑。

這個斑斑！這個笨蛋斑斑！今天不就是二十八號？現在不就是兩點半？

我衝上樓，大喊虎爺公，祂被我嚇得摔下了枕頭。

怎樣？好啦，我知道啦，妳要不要換一件洋裝再去？

「這種時候哪有時間換洋裝！」我把剛剛打掃弄髒的衣物換一套新的，白色毛衣搭牛仔寬褲，就這樣。

虎爺公一臉悠哉，悠悠地下樓梯，悠悠地走在柏油路上。我再三催促，祂才加快了一點點腳步，還一邊說著風涼話：哎呦，要讓男生等呀，男生才等一下就不等了，這種男生不要也罷。

「是這樣沒錯，但斑斑難得這麼慎重，可能有很重要的事情要拜託呀。或許又是另一件虐貓案件。虎爺公我拜託祢快一點啦！」

我一路催促祂，在離咖啡廳只剩二十公尺時，我已經顧不得了，直接先開門走進咖啡廳，在窗邊位置找到了斑斑。

時間已是三點。冬天的陽光照在斑斑神情憂鬱的臉上，有種走入日系電影場景的錯覺。

「嗨。」

「嗨。」

「抱歉，我剛剛才收到信。我說你呀，這麼重要的事，你不能直接跟我說嗎？一定要用寄信的？要是我沒收到怎麼辦？」

「所以我才用掛號寄呀。」見我無語，他不太自在地低下頭，又補了一句：「抱歉。」

斑斑另一個能力就是，只要他說抱歉，你就無法不原諒他。

「虎爺公呢？祂也到了嗎？」他抬頭對上我的眼睛問。

對，沒錯吧，咪咪與虎爺公對他來說才是最重要的。我沒有失望，因為我早就知道了，所以不會失望。

我回頭，看見虎爺公已經走進咖啡廳，還有餘裕張望大家都點了什麼東西來吃。我將座位上的抱枕放倒，讓祂有一個軟墊座位。祂輕輕跳上來，尊貴地說：我要一杯熱拿鐵，奶泡多一點。

在我的轉述下，斑斑立刻點了三杯飲料，其中一杯當然是虎爺公指定的奶泡多一點的熱拿鐵，他又點了一份鬆餅，問我喜歡巧克力還是蜂蜜口味。

餐點上來前，斑斑坐立難安，一下子幫我們倒白開水，一下子又說要去廁所整理頭髮。看來他要拜託我們的事，可能特別難處理。為了緩和他的情緒，我問他最近都在忙什麼？咪咪們都好嗎？

聽見「咪咪」兩個字，他眼睛都亮了，直說那些救回來的咪咪們都很好。他的那隻三花，他決定自己領養了，取名叫作花花。

好了，我看現在他最重要的事，除了咪咪和虎爺公，還多了隻花花。

他又說，因為上次那件事，他開始與認養機構合作，咪咪都住到認養機構那邊，只要沒上課的日子他就會去當志工。比起他，機構更有能力審查領養人的資格，這樣他就能放心了。

接著，他從袋子裡拿出兩盒雞蛋，推到虎爺公面前，誠懇地說：「虎爺公，謝謝您。這款雞蛋是快樂放牧蛋，雞都是在舒適的環境下生蛋，希望您會喜歡。」

虎爺公眼睛一亮，但祂還是刻意維持莊嚴模樣，點了點頭。

「我、我還有一件事想拜託虎爺公。」斑斑又再拿出兩盒雞蛋，聲音因為緊張，顯得飄忽不定。他喝了口水，坐挺身子，鼓起勇氣：「我知道娣娣是您的乾女兒，這件事一定要經過您同意。我可不可以問娣娣，問她願不願意跟我交往？」

「等、等一下。這種事你應該要問我吧！」我立刻叫嚷出聲。

「對，對，我要先問虎爺公能不能問妳，然後我再問妳。」

我知道斑斑異於常人，但我實在不知道他異於常人到這種程度。

那是他眞心喜歡妳。虎爺公說。妳就回答，我說可以。剩下的，妳自己看著辦。

我看著虎爺公的眼睛，用力將心意傳達給祂——等等，虎爺公祢不要因爲兩盒雞蛋就答應了呀，這麼重大的事至少也要十盒吧。

哎呦，他要是眞的給我們十盒雞蛋，妳要吃到什麼時候？何況，這根本不是雞蛋可以解決的問題，娣娣。

好一會，我才敢再對上斑斑的眼睛，他問得怯怯的：「虎爺公說可以嗎？」

我點點頭。

「太好了。」他深吸了一口氣，「接下來換我問妳了。娣娣，請問妳願意跟我交往嗎？」

咖啡廳，四盒雞蛋，三杯飲料，一份鬆餅，一位平常人看不見的虎爺公，一對紅著臉對望的男女。還有什麼比眼前場景更適合接受告白的嗎？沒有了。

我點點頭。

虎爺公咧嘴一笑說：妳母親要樂壞囉。

〈一盒雞蛋的戀愛〉完

島嶼上的神祇——

虎爺

虎爺信仰來自早期民間對於老虎的害怕與崇拜，這略微矛盾的心情演變至今，已將祂視為可以保護人們的神祇。虎爺常見於廟宇神龕之下，此為地虎；亦有少數被供奉在神桌之上，則為天虎。近幾年，虎爺的護佑範圍朝多元發展，從收小孩為契子、咬錢招財、威武凶猛護衛一方，甚至出現「毛小孩守護神」的稱謂，可見虎爺信仰親近日常。虎爺喜歡生雞蛋，前往祭拜時請記得帶一盒蛋喔。

❖推薦走訪廟宇：台北石碇伏虎宮、雲林北港朝天宮、嘉義新港奉天宮、嘉義朴子配天宮。

消失的鈔票

「阿母，『那隻』去哪裡了？」甫起床，他在幾處牠習慣待的地方尋不到牠之後，問了坐在晨光下剝高麗菜葉的母親。

「不就在那裡嗎？祂最喜歡待在灶腳了。」他的母親頭也沒抬，彷彿他問的，是找不到襪子那般的小事。

「沒有呀。」他說。

「你找仔細點。不要窮緊張。」

「牠有沒有走出去？阿母妳想想。」

「祂若是想走出去，難不成我還可以攔住祂？」她有些好氣，但還是停下剝菜葉的手，想了想，「不然去李叔那邊找找，說不定祂跑去吃他曬的蘿蔔乾。」

去李叔家的路上，會經過一片鳳梨田，田裡種的是「金鑽」。從鳳梨葉張狂且變紅的樣子，他推測六月就可以收成，這件事讓他感到高興。他喜歡金鑽鳳梨，不是因為好吃，而是因為名字唸起來喜氣。

李叔在庭院裡曬蘿蔔乾，背對著外頭的一切。李叔向來孤僻，若不是那隻常常不請自去，兩家也很少說上話。

「李叔。」他喊得太小聲，又喊了一次。

「欸。」李叔回頭時，表情有些迷茫，彷若不清楚自己身在何處。

「那隻有來你這嗎？」

「你家那隻孔雀喔？沒捏，牠沒來。啊哈，你讓『鈔票』跑走囉。」李叔再次背對他。

「鈔票」就是孔雀的名字。他取的。

他道謝，離開，望向那條與鈔票一起走過的小路。小路上栽了幾棵鳳凰木，現在不是花季，沒有橙紅的花，只有黑褐莢果垂掛著，孤伶伶的，被風吹落時，還發出了空洞的聲音。咚。彷彿也在問鈔票去了哪裡。

□

一開始鈔票是怎麼來的，說了也沒人相信，索性都說撿到的。

撿到的？聽的人會重複一次，似乎是在思索何處能撿到一隻孔雀。撿到的。他也會重複一次，讓語氣更為堅定，讓撿到孔雀成為一件隨時都有可能發生的平常事。

若認真要解釋孔雀的來由，故事曲折，必定要從半年前那張刮刮樂說起。

他自然是沒有閒錢買刮刮樂。將刮刮樂塞進他戴著手套的手裡的，是種鳳梨的老徐。老徐的鳳梨田有十八甲，在民雄頗具規模，收成期間定要找像他這樣的臨時工來幫忙。那日採收結束，老徐不知怎麼了，帶著發紅包的笑意，除了發放當日工資外，還將手裡一疊刮刮樂依序分給大家。大家私下議論，看來老徐中樂透的傳聞是真的。

他左手拿著工資，右手拿著刮刮樂，有些不知如何是好。一部分的他，想立刻去繳交積欠過期的水電帳單；另一部分的他，從未「玩」過刮刮樂（他甚至覺得用「玩」這個字眼實在過於奢侈），很想馬上體會向來難測的命運如今正乖巧地躺在手中等著被揭示，那種可以掌握它的錯覺。

這誘惑太大，令他開始翻找褲子上所有口袋，好不容易才找到一枚一元硬幣。跨坐機車上，他屈著身子，在機車儀表板上刮開刮刮樂的銀漆。不消一分鐘，命運已經顯現。然而下午四點的日頭太燦，他將刮刮樂以不同的角度查看，確保自己沒眼花。

一、二、三。他又數了一次。

沒錯，三千這個數字確實重複了三次。真的中獎了！三千元！

手顫顫地，他將刮刮樂塞進口袋，離開農田，騎進市區，走入彩券行兌換成現金。他將現金揣在手中，步出彩券行時，覺得午後的陽光從沒這麼燦爛過，在他手裡降生了希望。

要拿三千元買什麼好呢？

他感到興奮，也感到迷惘。至今的人生，始終是今天追著明天的錢跑、明天追著後天的錢跑，從未體驗過像現在這樣，錢自己來到他面前，還可以自由決定它最終的樣貌。

這種感覺太新鮮，讓他像心花怒放的小學生，遲遲無法下決定。他心裡有一張必需品的待買清單，而每一項都已經在清單上等候多時。他蹲在路旁，仔仔細細地將所有物品的重要性都比較了一遍。掙扎許久，他決定買熱水瓶。他思忖著天冷時隨時有熱水喝，母親會很高興的。

他騎往電器行，在即將抵達店家的前一個路口，遇到了紅燈。

一群理平頭的小男生從他面前走過，他們相互撫摸彼此身上的全新棒球隊制服，熱烈的歡笑聲，讓他們像一支永恆的隊伍，正走向更好的明日。他們還不知道，長大後的世界有多艱難，可能失學，可能失業，可能失婚。能夠讓他們與朋友一起投入棒球的無憂時光，只有此時此刻。

然而，他們還是比他幸運。他自小隨母親打零工，從來沒有時間，也沒有多餘的錢，能讓他加入任何隊伍。

如果，錢能變成那樣的一件棒球隊外套、上衣或褲子，那有多好呀。當然，不是給自己的，自己已經用不到了，但是可以給狀況同他一般的孩子。那個孩子會成天穿著棒球外套，奔來跑去，兩頰永遠泛著興奮的緋紅。

陷入美好想像的同時，宛如受到感召，他想起市區有間宮廟，會定期捐贈棒球隊服給貧困家庭的學生。那麼，他應該把錢捐到廟裡！

急急來到廟中，這是他頭一次來這間廟，此時才知道廟裡拜的是文財神比干。比干剖心而死，被視為最忠正之人，得以掌管天下財庫。幾乎被這個傳說所感動，他帶著敬畏的心在廟裡徘徊。

很快地，他發現來參拜的人們，最後都會匯流到神龕下，拿著零錢，蹲在那裡。神龕下的，不是熟悉的虎爺，竟是一隻金聖孔雀！祂以開屏的尊貴姿態，坐在金墊上，每根羽毛都在身後整齊展開，閃著金光。前方供著水杯與五穀稻穗，還有躺了幾枚錢幣的水碗，供信眾換錢。

換錢，是這廟裡獨特的求財方法，拿自己的錢幣，換取金聖孔雀的錢幣，當作錢母，保佑錢財滾滾來。唯一的規定是，只能拿大錢換小錢，放十元進水碗，拿五元或一元出來。若拿小錢換大錢，便是貪。

他蹲下，摸摸口袋，將方才刮開刮刮樂的一元放進去，輕緩無聲。他沒有從水碗裡拿走任何錢幣，只無求地用雙手敬拜。

起身後的一個轉身，他看見數座金孔雀像如藝術品般，被框限在一個個小玻璃櫃裡。那些孔雀讓他看得入迷。他私心認為，玻璃櫃的孔雀比神龕下的孔雀還要美，沒有暈染上長年香火的燻黑，全身散發均勻的流金光芒。

金孔雀的美，太懾人。他從來沒有這麼渴望過一件東西。

「你可以將祂請回去。」一旁的志工開口了。

請回去？他遲疑地複誦。

「對呀，你只要向文財神求到三個聖筊，就能用三千元將祂請回去。」

三千元。他身上恰巧有三千元。三個聖筊呢？他沒有擲過筊，只看母親擲過。母親說，當你衷心向神明祈求而且是你應得的，祂就會給你聖筊。

他默唸願望，擲筊。得了三個聖筊。

當他抱著金孔雀回家，母親問了來由。她靜靜地聽，沒有多說什麼，可能明白他鮮少想要什麼。

他們在神明廳整理出位置，擺放好廟務人員交代的香爐、水杯與白米。

滿足了自己的心願，他卻對這個家感到有些抱歉，彌補似地，他說：「金孔雀招財，說不定我們很快就有錢買熱水瓶了。」

母親擺擺手，示意要睡了。

他獨自一人，在神明廳微弱的光線下，靜靜欣賞燈光接觸到金孔雀時散發出的光澤，像蝴蝶欲飛的翅膀，也像河流中的魚鱗。那些光彩會隨著他移動而變換位置，閃著，閃著，彷彿在打摩斯密碼。

他沉醉在光的摩斯密碼裡，答——滴滴——答——答——宛如是金孔雀在說：請多多指教。

請多多指教。他說，並沉進很深的夢裡。

翌日醒來，桌上金孔雀不見了，玻璃罩被推碎在地，場面淩亂。他循著碎裂的玻璃，來到廚房，看見一隻真正的孔雀，五彩的、立體的、活生生的，孔雀，正往米缸裡啄米。

不是吧。這句話從他嘴裡低喃而出。

找了紙箱，他與母親合力將孔雀驅進箱中。為了防止牠脫逃，上頭又嵌了另一個紙箱，只留下能讓牠探頭好奇的空間。他們盯著紙箱裡的孔雀，陷入思索。

「真的是這樣嗎？」母親問，「你覺得真的是金孔雀變成了真孔雀嗎？」

「我想不到其他可能。如果是有人偷走金孔雀，他偷走就偷走，為什麼還留下一隻真孔雀？」

有了共識之後，他將紙箱放上機車，一路急行，來到廟裡。

「這個是？」廟務人員對於他將裝有孔雀的紙箱放到桌上感到不解。

「我要退。」他說，他昨日求的是金孔雀，今日卻成了一隻真正的孔雀。他不知道這是什麼時興的詐騙手法，要人耗費更多金錢，總之他所交付的三千元已是底線，他沒有多餘的錢可以養一隻真正的孔雀。

「你說，金聖孔雀到了你家，變成這隻孔雀？不可能。」廟務人員也十分謹守現實的底線。

「怎麼不可能？事實擺在眼前！」

「這種事說出去沒有人會信！」

他們幾乎要吵起來。

辦公室走出另一個人，自稱宮廟主委，好聲安撫他，並問：「照你說來，這隻孔雀身上有寫我們文財殿嗎？」

這句話，讓他又抱著孔雀回家。確實，換作他是廟方，沒有名字的東西，要怎麼認呢？

「既然如此，好好養著就是了。」母親見他又把孔雀抱回來，如此說。

□

把鈔票養到消失，可算不上好好養著。

「阿母，鈔票回來了嗎？」他跑著回來，先倒了一口茶緩緩氣。

「沒。你不是去李叔家找？」

「牠不在李叔家。附近我也都找了。」

「你會不會沒找仔細？還是祂故意捉弄你？」

他央求母親陪他一起找，鈔票最聽母親的話了。

鈔票。鈔票。鈔票，快出來，有祢最喜歡吃的玉米喔。母親在住家四周輕喊著，卻不見任何動靜，讓她也狐疑起來。

「鈔票是跑去哪裡？有可能是被抱走嗎？」

他搖搖頭。想到鈔票的脾氣，想抱走牠，定會被牠啄得稀巴爛，況且牠的叫聲可是比警報器還響呢。

在家坐不住，他騎上機車，決定去幾個熟悉的地方找找。老徐那、張老闆那、吳董娘那，都找了。就是不見鈔票。

他懊惱自己當時怎麼會認為養孔雀不難，想著只要以好水、好米供著，就這樣。頂多，帶牠去散個步。

他曾在牠脖子上繫了一條細細的紅繩子，那條紅繩在牠藍綠斑斕的毛羽上，格外好看，有種異國風情的瑰麗感。

初次出門散步，他不確定走前頭的應該是人還是鳥，就像他往往也分不清，究竟是人遛狗，還是狗遛人。或許都有。但牠彷彿早就明白散步是怎麼一回事，總是像巡視領地的貴族，走在前頭，踏著高跟鞋般的細緻鳥腳，伸著湛藍纖長的脖子，以銳利目光掃視田地，未展開的長長覆羽也傲氣地左右擺動。

跟在後頭，他實在很想嗆這隻偽金孔雀有啥好神氣的。宛如聽得見似地，牠停下腳步，回過頭將視線掃向他。剎那，牠扭頭的姿勢剛好符合某種完美的陽光照射角度，瞬時金光如水波瀲灩，像極了那晚看見的摩斯密碼。

頓時他明白了，牠們確實是同一隻孔雀沒錯，縱使他無法理解牠是怎麼從金的變成真的。

同一時間發生的事情還有，一根羽毛從牠身上輕輕掉落。羽毛甫落地的那幾秒，他想伸手去撿，然而，還來不及眨眼，羽毛已經變成千元鈔票。他拾起鈔票，全身都顫抖不已。

是一隻金孔雀無誤！

他連忙把牠抱起就跑，跑回家，滿臉通紅地向母親訴說這項驚人發現。

「阿母若要熱水瓶，我們再拔兩根羽毛，妳看好嗎？」孔雀身上羽毛豐厚，讓他覺得自己抱著一座金山。

「不行，這羽毛多好看，不能拔。」母親還是老樣子，總不把注意力放在真正的問題上。她撫摸孔雀毛羽時那疼惜的模樣，就像在撫摸一件她從未擁有過的漂亮綢衫。

牠感知逃過一劫，開心地鳴了兩聲。

但他沒有放棄。拔的不行，自己掉的，總可以吧。他作勢要追，牠有靈性自然就跑，一鳥一人，一前一後，滿屋子跑呀追呀，不顧母親急急大喊。追到後來他也不要什麼羽毛了，只是不想停下這樣久違的熱鬧。牠彷彿也明白這只是一場遊戲，玩得更瘋了，直接飛越了狹窄的客廳。那身形與毛羽在空中形成一道美麗的弧線，引得他和母親先是大叫，接著拍手叫好。

好厲害、好厲害！原來孔雀會飛呀！

那些因為跑呀追呀而飛起來又緩緩落下的，只有一些灰塵、毛線和蜘蛛絲，全是白樸樸的東西，沒有艷藍的紙鈔。但他們很快樂。很快樂。

□

但「鈔票」怎麼就不見了呢？

他來到大街上，沿路搜尋鈔票的身影，始終想不通這件事。遠遠地，他看見孩子們圍成一圈，興奮撫摸著什麼。他湊上去看，是一隻毛色灰白蓬鬆的大狗，那狗毛又鬈又長，連眼睛都蓋住了。牠乖巧趴在地上，任孩子們撫摸。

「欸你這隻是什麼狗？怎麼毛這麼多？」

「古代牧羊犬。」

「現在沒有羊讓牠牧了耶。」

遛狗人露出尷尬又不失禮貌的微笑，似乎也不急著去哪。他從背包拿出了專屬水瓶，往瓶蓋倒了點水，讓大狗解解渴。接著，又拿出小餅乾，讓大狗舔得他滿手掌口水。再後來，他拿起梳子，一遍又一遍，十分有耐心地梳開打結的狗毛。有吃有喝有得梳毛，大狗看起來很是享受。

這讓他想起鈔票。相比之下，他感到自慚形穢。他曾讓鈔票過上這樣的好日子嗎？

小孩子的心是善變的，他們問夠了問題、摸夠了狗，就又一鬨而散。人群一散，遛狗人與狗便繼續往原先的方向走去。

「叔叔，你的錢掉了。」

遛狗人從口袋中掏出衛生紙，要幫大狗清理鼻頭時，一併掏出幾張千元紙鈔，落在地上，被其中一個站在原地痴痴追望大狗的孩子看見了，出聲提醒。遛狗人撿起錢，向孩子說了聲謝謝。孩子心有所獲地跑開了。

啊，鈔票不見了，是不是在做無聲抗議呢？

如果當時他也對牠說，你的羽毛掉了，而不是去想佔有那紙鈔，甚至去追趕牠、向牠索求，牠是不是就不會不見了呢？

□

鈔票來了之後，生活有些變了。倒不是富裕了，畢竟鈔票在那之後就不曾再落下羽毛。變的，是像被日光曬過的小石子，那樣微小、握在手裡卻覺得暖的片段時光。

他帶鈔票去打零工，在母親也外出工作無法看顧牠的時候。原先他很是擔心，擔心他提出請求後，會被視為麻煩而遭解僱。

「頭家拍謝，可以讓牠在旁邊嗎？牠很乖的，不會惹麻煩。」他會先這麼說，怯懦的模樣就像小學生向老師保證，不會在上課時間拿出書包裡的玩偶把玩。

幸好，人們的反應總是超乎他預期。

「你養孔雀喔？不錯捏。牠吃什麼？玉米吃嗎？」種茶的張老闆從家裡拿出一根玉米，不一會，鈔票吃得連一顆玉米粒也不剩。離開前，張老闆竟準備了一袋玉米要他帶回去。

「哇，我第一次看到孔雀。可以拍照嗎？」做鳳梨酥的吳董娘拿起手機拍照，不同角度都拍完後，又請他幫忙拍合照。「欸，下星期你還能來嗎？可以再帶牠來嗎？我也想讓女兒看看。」

鈔票不枉為神明腳邊的使者，得了好人緣，連帶他也跟著受惠。打零工的同事開始會同他攀談幾句，問怎麼會養孔雀，好養嗎，都吃什麼？

漸漸地，有人開始叫他「孔雀仔」。

原本打零工的，宛如遊牧者，哪裡有工作哪裡去。這次見面的人，下次見面不知何時，便也不會過問彼此姓名。幾個熟面孔，大多也是埋首工作，鮮少交談，領了錢，頭低低地走了，忙著將甫拿到的錢，再交付別處。

有了「孔雀仔」這個稱號之後，認識他的人變多了，他認識的人也變多了，像是雙手雙腳滿是刺青的青仔。

青仔的刺青讓眾人下意識地跟他保持距離，可「神氣」罩頂的鈔票偏不，牠有次竟盯著青仔小腿上的飛龍圖案許久，彷彿讓牠回想起自己其實出生於廟宇。

「欸，你這隻孔雀懂得欣賞藝術喔。」青仔咧嘴而笑，頓時殺氣全失。

「牠不僅懂藝術，還很白目喔。」

鈔票睨了他一眼，扭頭就走。這畫面讓他和青仔同時放聲大笑。自此之後，他和青仔總是互相照應，偶爾也一起捉弄鈔票。旁人總誤會他們打從年少時就認識，那般氣味相投。

生活多了新鮮事，與母親的飯桌話題也變多了。

「我今天又遇到青仔，他也來工廠幫忙搬鳳梨酥。」

「青仔，就是刺龍刺虎的？」

「對呀。中秋節，訂單多，需要更多人幫忙。」

「你是不是說他無父無母？找時間，讓他來家裡一起吃飯吧。」

母親吃著醃黃瓜，也挾了幾片放進鈔票的盤子裡。鈔票果真不是一般孔雀，幾乎什麼都吃；喜歡吃的，還會纏著人家要。牠吃完醃黃瓜，又啼叫了幾聲，直到母親再挾給牠。

「阿母，妳不要寵壞牠。」

「祂好歹也是神明，落難到我們家已經夠可憐了，哪有寵不寵的。」

「我花了三千元耶，早知道就買熱水瓶。」看不慣牠囂張模樣，他偶爾會故意這樣說。鈔票自然聽得懂，便用鳥嘴去啄他的腳。一人一鳥又鬧起來，晚飯也沒辦法好好吃。

母親想笑，卻咳起嗽來，咳得用力，似要掏肺。

「最近好像常咳嗽，染風寒了？我帶妳去看醫生？」

她揮揮手，仍在咳。沒有熱水瓶，他也只能倒杯涼水給她。她喝了幾口，才緩了下來。

「看醫生是有錢人的權利。」她說，並且再三保證自己只是因為天氣變化有些不適應，過些日子就好。

沒幾日，一個烏陰天，母親病倒了。

母親被送進醫院，說是肺炎，至少要住院一星期。他頹然守在病床旁，凝視母親的病容，並試圖平緩高額醫藥費帶來的焦慮。那筆金額，他要工作三個星期才能獲得，卻必須在後日繳清。

母親醒了，她看懂他的表情，以虛弱且顫抖的聲音說：「不要拔羽毛。」

他沒有回應。

「不要拔羽毛。」她又說了一次。

他點點頭，不願違背母親的心願。但他不知道錢該如何來，於是他點頭的姿態是那麼凝重，感覺外頭天色又更暗了。

帶著毫不知情的鈔票，他開始更長時間地打零工。時間在他手上成為貨幣，白天所能兌換的金錢，相比夜晚，實在廉價太多，於是從前母親不讓他做的深夜工作，經由青仔的介紹，他也硬是接了幾份。

沒日沒夜地，早午晚餐都失去原本的順序，生活扁平得只剩下工作、吃飯、睡覺，不斷輪迴。

即使日子已經過成這樣，醫藥費還是付不清。護理師提醒時，他只能一直道歉，說，不好意思再給我幾天時間。當然這些話沒有讓母親聽見。母親依舊虛弱，住院時間從原本一星期，邁向第二星期。

孔雀仔，你沒事吧？有時候人們會這麼問。

他聽了一驚，沒有時間感謝他們的善意，趕緊把自己的疲憊收進更深的皮囊裡。沒事，沒事。他會刻意睜大眼睛，拉開笑容，宛如透過開屏來虛張聲勢的孔雀。

他見過太多累、傷、殘的同行，與雇主配合多年，還是輕易被另一名沒有經驗的年輕人取代。年輕人在勞動市場是永恆的夏日，旺盛，有勁，不怕暴雨與烈陽。而他已經是初秋。

他不能被取代，特別是此刻。他逼自己要做得比往常更快、更好。

當他搬運鳳梨不小心睡著跌倒的當下，他還是這麼想的。他幾乎是抓著那個念頭入睡的。

過了十五分鐘，有人發現他躺在一片零散的鳳梨海中，才終於把他喚醒。

吳董娘聞訊趕來，要他回家休息。他急忙道歉。

「拍謝，摔壞的鳳梨我會賠。請讓我繼續工作。我會把落後的工作補回來。」他擔心歉意不夠，邊說邊彎腰鞠躬。

吳董娘也不是雞仔腸鳥仔肚的人，「不是那個問題，你今天這個狀況不能再工作了。你搬鳳梨，摔的是鳳梨，鳳梨摔壞了倒也沒什麼，田裡還有一堆。如果你今天是在生產線，不小心把手放進機器裡，那就嚴重了。你知道吧？」

他頭低低的。

「工資照一天給你，不會扣錢。回去休息。」

她走了，他還站在原地，等待事情有所轉圜。

幾分鐘過去，會計小姐牽著鈔票走來，並遞上工資和一顆鳳梨，再說了一次，「回去休息吧。」

他接過那些，轉身離開，彷彿接受了命運要他遷移至無光的另一端。機車也像是不能承受似地，無法發動。於是他將工資放進胸前口袋，左手抱著鳳梨，右手牽著鈔票，步行回家。

路上，他沿著樹林的陰影行走，避免讓光點落在身上。那小小無害的光，對被陰暗所包覆的心來說，都太亮。鈔票異於往常地安靜，張著牠的鳥爪，一步跟著一步，陪他走這看似毫無盡頭的路。

他莫名地生氣起來。

「你好端端的，變成真的孔雀幹嘛？我還要說服老闆、帶你上班，不辛苦嗎？在供桌上當隻金孔雀不好嗎？有人隨時獻上好吃好喝的，不是很好嗎？」

他接著說，「你看看你，跟著我，有什麼好處？被人家趕走了、機車壞了，最後只能走路回家。你又沒穿鞋，腳不痛嗎？」

「阿母生病了，我連醫藥費都繳不出來，你要是受傷了，我也幫不了你。」

鈔票沒有理會，仰著頭，繼續往前走。

「當落難神明好玩嗎？」他沒有跟上。

「我問你呀！當落難神明好玩嗎？」他又說了一次，語氣更重，音量更大。

「你不知道人世間很苦嗎！」最後他幾乎是朝牠扔擲怒氣。

樹林變成回聲的走廊，沒有一隻鳥敢鳴叫，讓那些問句像山洞般不斷往前綿延，追上鈔票的步伐。鈔票還是沒有回頭。

他追上去，把鈔票一把抱起。幾滴血從因走路磨擦受傷的鳥爪滴下。鈔票彷似在生氣，沒有掙扎，但也不看他一眼，將頭撇了過去。哪有神明這麼倔強的，他嘀咕。毛絨絨的鈔票，心臟蹦蹦跳的鈔票，就這樣被他抱著。他覺得牠好真實。

他在鳳凰木下尋到一塊石頭，將牠輕輕放下，拿出隨身的ＯＫ繃，幫牠貼上。又拿出自己的礦泉水，往瓶蓋裡倒了一點，給牠。好啦，快喝吧，他說。鈔票喝水前，還用力睨了他一眼。這副愛生氣的模樣，他想笑卻忍著。

「想不想吃鳳梨？」他問。

鈔票假裝沒聽見。他也沒管牠，拿出小刀，細細地削起來。

「削鳳梨，用小刀當然不好削，但還是可以的。記得以前家裡很窮，連一把好用的菜刀也沒有，阿母就是用小刀搞定所有事情。」

講著講著，他已經去了鳳梨頭，又去了皮，金黃果肉露出來，流出清甜果汁。他切了一片很小的鳳梨，放在瓶蓋上。

好啦，快吃吧，他說。

鈔票猶豫了幾秒，放下面子，終於吃起來。他也放了一片進自己嘴裡。啊，好酸，又好甜。

他們一人一鳥，坐在石頭上，輪流吃著新鮮削下的鳳梨，放眼前方欲熟的鳳梨田，看那帶刺的長葉彼此錯落。遠方的塊狀烏雲，正心事重重地飄移，好像不知道要去哪，和他們一樣。

然而，下一秒，強勁的風將烏雲吹遠了，降下纖細白光，照得鈔票全身散發似有似無的五彩光澤。

忍不住，他伸手去摸。那些毛羽，像柔順的河流，像溫暖的絲巾。鈔票難得展現溫順的一面，任他撫摸，讓他感覺自己被無條件包容，在牠身旁有了容身之處。

□

「孔雀仔，你今天怎麼沒來？」是青仔，電話那頭傳來機具運轉的聲響。

「我在找鈔票啦。」為了找鈔票，今天的工作他都請假了。

「鈔票不見了？」這對青仔來說也是天大的消息。青仔說會幫他向打零工的問問，看有沒有人看見鈔票。

掛掉電話後，他又坐了好一會，才從街邊的椅子上站起來，繼續往前。遛狗人與大狗已經離開一段時間了。本來他只想理一理頭緒，一不小心就回到與鈔票共吃鳳梨的那日。他將那日記得好深好深。

他也記得那日後，走得不知是什麼好運，隔幾天鳳梨酥工廠的會計小姐打電話來，說是吳董娘幫他安排了薪水更優的晚班正職，並把他的機車修好了。種茶的張老闆得知他的困難，每每見到他，都要他拿些東西回去，有時是玉米，有時是米。醫院通知，母親可以出院了。鳳梨田老徐願意讓他先預支下個月的工錢，他才能把醫藥費付清，接母親出院。隔壁李叔幫忙照看了母親與鈔票幾日，直到母親完全恢復氣力。青仔來家裡吃晚飯，只不過煮飯的是青仔，下鍋的菜肉也是青仔帶來的。還有那些喊他孔雀仔的同行，無論是遞來一瓶水，或是一包小餅乾，都讓他感激不已。

這些幫助，他從前不敢想。從前他只有母親，兩人相依為命。他人，都是外人，非親非故，也不好麻煩叨擾。鈔票來了，為孤獨生活投下了艷麗的小石子，產生了透亮晶瑩的漣漪，並且往外不斷地擴散、擴散……

「今天怎麼只有你，鈔票咧？」

他走進鳥街，明眼人小陳一眼就看出問題。

小陳在鳥街開店，他剛「收養」鈔票時，小陳熱心地給了許多建議，因而有些交情。下班若有空，他會載鈔票來給小陳看一看。

被小陳一問，他盯著店裡的鳥籠、鳥籠裡的鳥，淡淡地回：「不見了。」

「不見了？要把一隻孔雀弄不見也不簡單耶。」

他很想說，啊那隻孔雀也是自己突然冒出來的呀。但還是按捺下來。

「到處都找了嗎？」

他點點頭。住家附近都找了，認識的人都問了，找到街上已是找無可找，碰運氣罷了。再說，牠一隻孔雀，能跑多遠？

小陳將參雜了各種穀類的鳥飼料，一匙一匙地倒進鳥籠裡。籠內的鳥，身上也有著鈔票的綠，令他看了刺心。鳥鳴聲包圍他，反而令他清楚想起鈔票在鬧脾氣時的鳴叫聲，像小學放學時義交吹的哨音，高亢、有力。

「很多事情，怎麼來的，就會怎麼去。說不好，哪天鈔票就自己回來了。」小陳拍了拍他的肩頭。這也瞬間提醒他，還有一處未尋。

對呀，他怎麼沒想到呢，那間宮廟還沒去！

他直奔宮廟。正殿旁的長桌上，依舊擺放數隻金孔雀，閃爍著金光，等待信眾請回。然而，廟有廟的規矩，他先到神龕下的金聖孔雀前，雙手恭恭敬敬地合十。他請求金聖孔雀能讓鈔票跟他回家，他保證，保證會好好照顧鈔票。為了證明自己並非貪圖錢財，他同時發誓絕對不拿鈔票的羽毛，若羽毛自己掉落、變成紙鈔，他也會捐來廟裡，讓紙鈔變成窮人家小孩的棒球外套。

許完願，他將身上的所有零錢，全部投進水碗裡，頓時碗裡水位升至臨界點。但他沒有從中拿走任何一枚硬幣，如同第一次來那樣。

他懷著忐忑的心，來到擺放眾多金孔雀的長桌前，幾乎是以古董鑑定師的心情，他試圖從那些看似毫無差異的雕像裡找到鈔票。他知道鈔票頭上的毛羽，有一根歪斜角度特別不一樣，如同每根鳳梨葉各有各的長法。他有信心能分辨出來。

他一一檢視金雕像的臉龐，最終，失望得無法承受自己的失望。

裡頭沒有一隻是鈔票。

感受到餘光外的視線，那盯著他看的男人，他記得是之前差點與他吵架的廟務人員。男人的表情似在問：怎麼，今天你又是來退孔雀的嗎？

他低下頭，避開男人詢問的眼神，毫無所獲地回家。

母親已經煮好飯菜，有幾道還是鈔票喜歡吃的。黃瓜、玉米、南瓜泥。母親見他孤身一人，了然於心，只喚他洗了手來吃飯。

湯鍋蒸著熱氣，也把人蒸得像一張受潮的紙，捲曲軟爛。

他悶著頭吃飯，好久才擠出這句：「阿母，妳說鈔票到底去哪了？」

「我到處都找了。附近、茶園、工廠、鳳梨田、大街、鳥店，連那座宮廟，都沒有人看見牠。」

「阿母妳不知道，鈔票雖然算半個神，但牠怕野狗，尤其是黑色的。」

「牠要是遇到黑狗怎麼辦？」

「還有呀，現在天涼了，前幾天還幫牠在窩裡鋪了毛巾。牠在外頭哪有毛巾可以躺？」

母親問了幾句，他急著說：「沒有呀，哪有跟牠吵架。」

「最後一次見到牠，牠就睡在那條有小花圖案的毛巾上。純棉的，牠滿意得不得了。我就說，落難神明這樣也不差了吧。」

「不會啦，阿母，我平常都這樣跟牠講話的，牠不開心，啄我幾下就扯平了。」

「而且，」他停頓，猶豫，「我還跟牠說，謝謝。」

「謝謝，牠在這裡。」

夜晚的外頭，一輛車經過，車頭燈自廚房窗邊闖進來又瞬地離去。他們在廚房裡，一起感受到了光的滿溢與光的消散。

蟲鳴從好遠的樹林傳來。經過了茶園與鳳梨田，也經過了鳳凰木林道，彷彿知曉路徑似地，最後穿越曬衣場與大門，降落耳旁。

這陣蟲鳴給了他勇氣，去釋放壓抑在心底的問句。

「鈔票，要是就這樣消失了，再也不回來了，怎麼辦？」

母親咀嚼著米飯，挾了兩口菜，輕輕地說：「你就當作祂去了別人家。」

「別人家，有一個像我這樣的歐巴桑，有一個像你這樣認真打拚的查埔人，生活清苦，但不會虧待祂。」

「這樣想就好了。」

「有人比我們更需要祂。」

依循著母親的話語，他整個人飄浮起來，飄在半空，俯瞰住家附近的林野。漆黑裡，他看見自家的燈，看見李叔家的燈。他努力飄得更高，看見的不只是這庄與庄後的山，還有這座與那座山頭，而一盞盞燈就亮在寂靜濃黑的山野中。在這樣的視野裡，他才發現，燈看似獨自閃爍且孤寂，其實正向彼此打出摩斯密碼，一閃一滅，連成了地面的星座。

他相信鈔票一定就棲身在某盞星光似的燈裡，平安，無事。

□

幾個月過去了，鈔票沒有回來，但他並沒有忘記鈔票，眾人也沒有忘記鈔票。他與青仔常常聊起牠。母親的餐桌上，還是經常出現牠最愛的小黃瓜。

後來，他在床底下找到了一根孔雀羽毛。一根沒有變成鈔票的孔雀羽毛。它在春日的陽光下，閃著翡翠的綠、寶石的藍，還有紅銅的金。他用手指旋轉毛羽，那些顏色也跟著旋轉，映得房間宛如湖底，收納所有跳躍的色彩。

那瞬間，彷彿又回到他追著鈔票滿屋子跑的歡鬧日子。

〈消失的鈔票〉完

（本文榮獲二〇二三桃城文學獎短篇小說首獎）

島嶼上的神祇——金聖孔雀

金聖孔雀為文財神的「腳力」，而嘉義文財殿為全台唯一供奉金聖孔雀的廟宇，將其供奉於主殿神龕下。祭拜金聖孔雀的方式特殊，以五穀和稻穗作為供品，信徒可向金聖孔雀「換錢水」，用大錢換小錢，祈求財運。文財神為殷商忠臣比干，據說比干受妲己所害，剖胸挖心而死。「無心不貪」，玉皇大帝便命比干掌管天下財庫。嘉義文財殿長年捐助弱勢教育基金，牽起國小棒球隊與文財神的美好緣分。

L'Ail
冰

親愛的Léa，請過來幫我看看，這幅像貼在這裡好嗎？

依照我們家鄉的習俗，要將它貼在廚房爐火附近。我這樣貼，有貼正嗎？再往左一點嗎？這樣呢？太好了，就是這裡了！

來，Léa，妳好好看看這幅像。妳從未見過，肯定有許多疑惑吧？猜猜看，畫裡的男子是誰，為什麼祂會被印在淺黃紙上，戴著又高又漂亮的帽子，穿著層層疊加的古中國式衣裳，坐在一張四方椅子上呢？

不，祂不是古代的皇帝。祂頭部的一圈光暈，令妳聯想到耶穌基督？對，往這個方向猜就對了。

另一個提示，這是父親給我的，那個執拗的大廚父親。

別擔心，我們沒有吵架。我們以前確實處得不好，但怎麼說呢？再嗆辣的蒜頭煮得夠久，也會變成甜美的湯。這道湯我們煮了好多年，總算也煮出一些甜味了。

揭開這幅像的真實身分之前，先跟妳分享我這一路發生了什麼事吧。雖然不像妳喜歡讀的莫泊桑，每兩頁就有驚人轉折，但也是值得喝杯花茶，慢慢聽的故事。

之前跟妳說過吧，二十三年前，我是怎麼從台灣來到這裡的。路途的遙遠，宛如是極厚重的《悲慘世界》第一頁與最後一頁的距離。親愛的別笑，我所言不假。當時我是窮學生，為了省錢，沒搭直航航班，硬是轉了兩次飛機。第一站忘了是哪裡，第二站是慕尼黑，還在機場過了一夜，最後總共花了三十多小時，才抵達戴高樂機場。

後來的事，妳還有印象嗎？同是餐廳學徒的妳，來機場接我，帶了一枝玫瑰，顏色邃黑帶紅。妳身上的短裙，不知是湊巧還是命運，也是相同顏色。那個畫面讓我理解到，三十多小時的路途只是一瞬，混亂與壓抑的過往也只是一瞬。妳是漫長暗夜裡被點亮的火焰，揭示我的人生終於開始。

這次回去，明明巴黎與台灣的距離沒有改變，我坐的還是直航班機，一路上對於距離與時間的感受，卻像是把《悲慘世界》讀了兩遍。聽起來很傻氣吧，但我的感覺就是如此。

跟妳說我是怎麼回家的。走出桃園機場，我坐上近幾年通車的機場捷運至高鐵站，搭乘南下高鐵到台中，接著到地下室轉搭南投客運回埔里，最後由母親開小貨車來接我。

是的，飛機、捷運、高鐵、客運、小貨車。交通工具越換越小，代表路途越遠越曲折。但是還沒結束喔，最後一段路，最短卻最艱難，只能靠雙腳實踐。

以前說過我家是間台菜餐館，我到家時正值晚餐尖峰時間。妳可以想像嗎？在經歷上述路途後，我還必須拉著二十九吋行李箱，經過灶神的神龕（晚一點我再跟妳介紹灶神），穿行在圓桌、椅凳、孩子與醉漢之間，盡可能不要碰撞到他們，然後再穿越充滿火爐、熱氣、油膩氣味的廚房。

必須越過的，還有我的父親。我的父親在角落掌爐，自然不會成為行走的阻礙，可是他的眼神會。當我們目光交接時，我不由得停了下來。如果妳視他為神話裡的梅杜莎，我也不會反駁。他的眼睛就是有那種力量。

母親拍了我的肩，我才繼續往前，來到後頭通往房間的樓梯。那種老式樓梯，如果是妳，肯定會覺得可笑又可怕。很窄，窄得海鷗一次只能飛越一隻。很陡，陡得連野兔看見都要謹慎跳躍。好了，妳就想像是去攀岩，但要帶著行李箱去攀三層樓高的岩壁。三樓岩壁的右邊，是我的房間。我肌肉發抖地攀上去，打開房門，才結束顛簸之旅。

累壞了，真的累壞了。我沒洗澡，放任自己直接在床上癱成大字，就這樣睡去。

醒來後，恍惚凝望著房間，我竟然明白了《追憶似水年華》馬塞爾的心情。妳知道我並不喜歡那套書，耗費一個星期才讀完開頭的失眠篇章。真正讀完第一卷已經過了半年。我發誓再也不翻開那套書。然而，當我帶著既熟悉又陌生的目光凝視房間天花板時，竟想起書裡描述過的，馬塞爾記憶中的各種房間。貢布雷的、巴爾別克的、冬希艾的，甚至是被區分為冬天與夏天的。

會想起馬塞爾，或許是由於我正經歷他所經歷的，一段介於睡著與清醒的時間，大腦還無法辨別時空，只是像台老式投影機，不小心被觸動後，開始放映起回憶裡的房間。

在那些朦朧畫面裡，我看見我們在巴黎的房間，青草色窗簾，襯著牆壁的奶油黃，日頭從外面攀爬進來，形成柔白薄光，讓我們聯想到老奶奶檸檬塔、沛綠雅氣泡水與夏日的梧桐樹。我也看見我們為了尋找食材，在南法埃茲逗留了一星期的石砌小屋，散發著古老大鐘、壁爐、實木桌椅的香氣，窗台還有妳最喜歡的，一盆可食的三色堇。

正因為想起了許許多多的房間，眼前的房間更令人迷惘。

極早的清晨，太陽還未跨越地平線，房間處於半暗半亮的狀態。天花板，死氣沉沉，有壁癌，有裂痕，有盞不符合時代美感的花朵形頂燈。窗簾泛黃且花色老氣。書桌刻滿年少亟欲掙脫的刀痕。樟腦油的氣味，幽幽的，從年代久遠的衣櫥裡散發出來。還未辨識出地點，空間存有的壓迫感，直接召喚出記憶裡關於逼迫、困窘、不自由的感受。某個抽屜，還存放了不能言說的祕密，關於喜歡的女孩，那些來往的信、互贈的禮物、相擁的照片。

是了，還能是哪裡？埔里的家，我回來了。

我努力驅動身體，下樓找一點吃的。廚房邊角有張桌子，那向來是放我們自家人的吃食，上頭已經有蛋餅、燒餅和豆漿。一吃就知道，那是我小時候最愛的早餐店，真高興它沒有因為時間而走味。

廚房有道小門，可以通往後巷，餐館員工會在這裡備料。時間尚早，只有母親在那，她坐在塑膠椅上剝蒜頭。

「睡得好嗎？晚餐也沒吃，肚子一定很餓吧。早餐如果吃不夠，再去外面買。」

「飽了飽了，不能一次吃那麼多啦。」我咬著豆漿的吸管，蹲在旁邊看她剝蒜。

蒜頭，選自台灣南部名叫雲林的縣市。雲林，在中文裡是雲霧與森林的意思。那裡生產俗稱「大片黑」的蒜頭，蒜葉特大且顏色深邃，比起一般蒜頭，香氣更為鮮明濃郁，生咬下去會嗆得出淚。

法國人喜歡蒜頭，台灣人也喜歡，生吃、拌炒、磨碎，樣樣來。特別是台式料理，料理前定會丟幾瓣蒜頭進去，爆香，作為清香的提味。台式料理若沒有蒜頭，等同法式料理的醬汁忘了放鮮奶油，頓時失去料理中那一絲最纖細的靈魂。

父親的廚房，每天從剝蒜開始。小時候我曾問他，為什麼不用市場剝好的蒜瓣？他說，味道會差一點。怎麼會差一點呢？不都是大片黑嗎？他沒解釋，只用手撫過攤在竹籃裡還未去皮的小蒜瓣，粒粒潔白、飽滿、堅硬，發出了近似河岸石頭滾動的聲響，並慢慢溢發出鮮活的蒜香。

父親還有一種堅持，就是剝蒜絕對不能「偷吃步」。不能要花招、走捷徑、求輕鬆。從蒜球、帶皮蒜瓣，到光溜溜的蒜瓣，他要求每個步驟只能用雙手處理，不能倚靠其他工具輔助。

是的Léa，妳不能把蒜頭裝進玻璃罐搖一搖，不能泡在溫水裡，不能放進微波爐，也不能用刀子劃開或拍扁。他認為，任何一種借助外力的方法，都會有損蒜頭的原始風味。唯有用手，無論那是象徵對自然的虔誠或謙卑——人們必須用雙手，消耗自身的時間與精神，才有資格獲得大地的美味。

父親的學徒都必須經過剝蒜地獄的考驗。若要分辨廚房裡誰是菜鳥，身上蒜味最重的那位就是了。

說也奇怪，他們都討厭剝蒜，我偏偏喜歡，喜歡那個枯燥又單調的過程。可能藉由剝蒜的專注，可以停止對疑惑拋出思索，包含我隱隱察覺自己與他人不一樣這件事。那個時候，一有空，我會到備料區，抓一大把蒜球，尋到縫隙，手指用力一壓，剝開，剝開，再剝開，剝成再也沒有縫隙的蒜瓣後，先透過摩擦除去大部分外皮，再用指甲準確地掀起薄薄的皮瓣，宛如是撕掉世界賦予的標籤，那樣輕柔，那樣真實。

看母親剝蒜，我猶豫了一會，也拉了小矮凳，一起剝。

「他去菜市場？」我問。

「嗯。」

「不是有認識的，定期會送食材來？」

「還不了解他？他就喜歡去摸一摸、看一看，那些魚呀、肉呀。還以為自己是將軍在閱兵咧。」

對呀，我還不了解他嗎。

「幾年才回來一次，這次待多久？」

她得知是十天很是開心。但還是太短，她正色地說。

「下次大概又要很久以後了。」我頓了頓，「媽，我和Léa要一起開餐廳了。」

她的手沒有停止剝蒜，速度卻變慢了，慢得可以讓我再次看清楚，攀爬在她右手臂上，貌似一條蜈蚣的燙疤。那道燙疤是母親在廚房征戰多年的動章，證明母親對廚房的貢獻並不亞於父親。

早晨的送報車來了，車聲在餐館前停下，接著，啪地一聲，像小鱒魚從水缸躍起又落入水下，報紙已經躺在門口的階梯上。我們用耳朵送送報車離開。

「這件事要讓他知道。」她說，「他不像媽媽我這麼新潮，可以接受新觀念，但是他一定會開心的。」

最後一句話，她重複說了兩次、三次，每次都讓眼眶裡的眼淚多了一點，直到無法負荷地掉落，來不及被手背拭去，便落在剝好的蒜瓣上。

我連忙說：「他不是說蒜頭不能受潮嗎？妳這樣會被罵喔。」

「他敢罵我，我可是地下主廚！」她表情先是生氣，後又笑開了，撫了撫我的手臂，直說，真厲害呀我的孩子。

Léa，這就是我的母親。

她其實沒有她自認的新潮。在她的想法裡，女孩子一定要留長髮、穿裙子、不能進廚房。不是家裡的廚房，是營業用的廚房，就像我們現在待的這裡。

為什麼？因為廚房每天都是刀與火的戰場，如果切到了、燙傷了，留下難看的疤，嫁不出去怎麼辦？別擔心，在我的廚房裡，不會讓妳發生這種事。就算發生了，我想與妳結婚的心情，也不會改變。

她後來的「新潮」，或許是被我逼迫的，令她不得不從母愛中，努力煉造出寬容。否則，她知道，她會同父親一樣，失去我。

於是當年她從我的書櫃中，找到一本貼滿螢光色便利貼的巴黎旅遊書時，她有所恐懼與警醒。她很快收起自己最真實的情緒，坐下來，平靜地問我，是不是想去這裡？我說是，我想去。

為什麼是巴黎？

曾經有段時間，我認為嚮往巴黎是一件庸俗的事。有太多人將巴黎視為這輩子定要去過一次的城市，不然一生都將與浪漫無緣。初次翻開那本書，我甚至有些不齒，卻沒想，書裡的每個景點、每張照片、每句法文竟都像遙遠時光的召喚，擁抱我去深深墜入對它的迷戀。數不清的便利貼，被貼在巴黎左岸，艾菲爾鐵塔、雙叟咖啡、花神咖啡、莎士比亞書店，也貼在巴黎的右岸，羅浮宮、協和廣場、杜樂麗花園。

那本書成為我心靈的地圖，日日翻閱與銘記，使得我還未踏上巴黎的土地，便已知曉它的每個角落。巴黎對我而言沒有祕密，只須抵達。我想著，總有一天，總有一天，一定要去那裡。

可是妳要知道，從周圍皆不面海的台灣深山盆地，要前往巴黎不是一件容易的事。不只路途遙遙，身為餐館經營者，我的父母親每天要應付的，是源源不絕的客人，與客人的飢餓。除了不斷煮菜、上菜，其餘時間不外乎在備料，洗菜、切蔥、剁肉，還有剝蒜。喔當然，我沒忘了清潔打掃這件事，工作量尤為沉重。身為餐館的孩子，下了課，自然也是要幫忙。

無論是父母還是孩子，我們每天都在這些事務裡分身乏術，很難有時間去想外頭世界是什麼樣子，更不用說是遠在世界另一端的巴黎。

巴黎出現在人生選項裡的機會，微乎其微。直到那本書出現，意外被我買下，然後被我母親意外發現。至今想起，仍覺得她好勇敢。巴黎，她一點也不認識巴黎，她甚至以為那是一個國家。得知我的「第二個祕密」，她沒有任何反對。想出國，就去吧，她這樣說。可能比起「第一個祕密」，想去巴黎只是件小事。於是我總認為，她對我的愛是害怕失去而產生的屈就。

現在不同了。她知道外國人在法國開餐廳有多不容易，她知道我與父親吵架後一路有多不容易，她知道我二十三年前離開台灣後的一切。知道所有的她，為我和妳即將一起開餐廳而感動落淚，讓我安心相信，自己無須再向她探求任何愛的證據。

母親擦掉眼淚後，要我出門走走，看看家鄉有沒有什麼改變。我騎腳踏車出門，在一間宮廟看見了父親。我從未見過那座廟，廟體頗新，應是新建。從廟名判斷，祭拜的是「灶神君」。

Léa，不知道這樣說妳會不會懂。台灣傳統信仰是很奇妙的，我們相信萬物皆有神，門有門神、床有床母，爐台也有灶神守護。特別我們家又是開餐館的，自我有印象以來，父親就已經在祭拜灶神。

早期家裡的灶神是一張紙，屬於傳統版畫的一種，神明圖樣刻於木板，再轉印到紙上。我們將祂貼在廚房裡，可惜經不起油煙沾染，久了就容易辨識不清，也會破損。時間到了，就要換新。很好笑吧，神明也可以換新的呢。若手下廚師「出師」了，也就是獨當一面、可以到外面自己開餐廳的時候，父親也會送對方一張灶神像，作為祝福。

後來家裡餐館賺錢了，父親存了一筆錢，不再祭拜灶神畫像，而是直接請了一尊木造神像回來，也就是現在家裡頭的那尊。那尊灶神安座在廚房與餐廳之間，有專屬神龕。每天他會上香兩次，營業前，營業後。我隨著爸爸，雖不拿香，但也是早晚敬拜兩次，上學前，放學後。

灶神神像初來家中的時候，我覺得祂神祕極了。當時我矮小，神龕又在高處，就算踮腳也看不清祂的面貌。每天呢，我來到祂面前，先鞠躬，再伸長手去摸摸祂的鞋尖，讓祂知道我這個小矮子有來過呦。是的，Léa，小時候的我就是這麼可愛。

敬拜灶神，父親還有一個奇怪的習慣。每天清晨他會抓一把蒜頭放在神龕上供奉，直到中午餐館開門，他再拿供奉過的蒜頭炒菜，放一點在每道菜裡。為什麼呢？他說灶神掌管的不只是廚房安全，也保佑家戶平安；他希望來餐館用餐的顧客，也能獲得灶神的庇佑，平平安安。

但我真沒想到，家裡已經有灶神，他還會到外面的灶神廟上香。我沒有跟他打招呼，而是騎腳踏車靜靜地繞過去。我的逃離向來是靜靜的，就像去巴黎那樣。

其實我也不是真的想離家。妳可能不信，我和父親原本感情很好，甚至是所有孩子裡跟他最好的。或許是因為我願意去廚房幫忙。不像兩位姊姊，她們顧著漂亮，不願弄髒指甲，也不願頭髮熏上油耗味，總是找遍理由拒絕。母親的觀念也為她們護航，她認為進廚房的女孩都不好命，自己這輩子只能這樣，至少女兒不要同她一樣。

只有我，我喜歡廚房的複雜氣味。那些來自辛香料、肉、魚及蔬果的香氣，在不同階段也會有不同體現，原始的、切碎的、研磨的、烹煮的、上桌的……這麼多的香氣，是看不見的細線，彼此纏繞遊戲。我也喜歡大火在鐵鍋底部加熱後，淋上油所冉升的氣味，最能勾引人心，令人期待下一步會放什麼食材進去，成為什麼樣的料理。

父親發現我的不一樣，想要栽培我。為了避免母親反對，父親對我的安排循序漸進，如同貓科動物走路輕盈，不讓人輕易察覺。他要我先幫忙剝蒜，宛如測試。這可難不倒我，我剝的蒜又乾淨又完整，完全沒有留下指甲摳撕的痕跡。他也開始帶我去菜市場，學習挑選與殺價。當機車前後都被食材擠得放不下時，他會說，抓緊我。我會抓著他的衣角，彷彿在觸摸獅子的鬃毛。

餐廳營業時間，他謹守母親的堅持，不讓我進廚房，然而當所有客人離開、員工下班後，他會教我做菜，用極為嚴肅的聲音，像他平常對待學徒那樣。不過我與學徒還是有差別的，如果他認同我的表現，星期天晚上就會燉蒜頭雞湯。

怎麼知道那湯是為我燉的？因為我的姊姊們都討厭死蒜頭味了！只有我會一碗接著一碗喝。

我相信，父親對我的愛是特別的，不只是因為蒜頭雞湯，還有從頭髮長度這種小事也看得出來。母親常嚷著我應該同姊姊們一樣留長髮，才有女孩子的樣子嘛。父親心底自然也是這麼認為，但他願意為我破例，他說：「短髮進廚房好做事。她不喜歡，不要勉強她。」

因此，即使那日他碰巧撞見我在上學途中親吻了同班女生，我也沒有感到害怕。那可是我的父親呀，我相信回家只要好好說明，他應該能理解，理解女生不一定只能喜歡男生，就像他理解女生不一定只能留長髮。

那日也是餐館難得的公休日，我回到家，經過無人的餐廳，在寂靜的氣息裡，聽見切菜聲從廚房裡陣陣傳來。我走得很慢，並將書包抱得離自己更近些。在廚房中的是父親，他正在拌炒蒜頭與雞肉，另一個爐上還有一只湯鍋。那味道很熟悉，是蒜頭雞湯。原本揣在手裡的緊張，瞬間煙消雲散。

煮蒜頭雞湯不難，父親的做法是，先將雞肉炒至表面金黃，再加入大量蒜頭拌炒，炒出一點焦香後，倒入湯鍋加水熬煮，小火慢燉三十分鐘，加入鹽巴和紹興酒提味，最後撒一些蔥末。

桌上材料獨不見紹興酒，我便從櫥櫃裡取出酒來。他聽見聲音，沒有伸手將酒接去，只瞅了我一眼，回頭繼續拌炒雞肉與蒜頭。

「妳以後不要再做那種丟人現眼的事情。」

「什麼事情？」

「妳自己知道。」

他將炒鍋的爐火關掉，接著查看湯鍋的水是否沸騰。蓋子打開的剎那，熱氣白霧霧地竄出，而水因為高溫跳躍的聲響，讓我聽不懂父親的語氣。我撫了撫裙襬，不知道是要把它弄得更皺或更平，我只知道我討厭這身裙子。

「你說的對，我不應該在外面親人。」我停止撫弄裙子，又補了一句，「抱歉。」

「妳不應該的是，親一個跟妳一樣都是女生的人。」

我猜想，他當下一定很想在這句話後頭加驚嘆號來表達堅決，但他用了別種方式，就是將根本無須花費太多力氣就能切細的三星蔥，用了十足的力氣切斷。

咚！大概是這種感覺。

咚！咚！咚！咚！每一刀都落在我心裡。

我很想說點什麼，真的，連嘴巴都張開了，但發不出任何話語。蛤蜊因為炙熱溫度而打開殼蓋時，是不是也是同樣的心情？

有一部分的我，從軀殼脫離，提醒自己說，快回話，這裡可是「父親的廚房」，任何人只要進到父親的廚房，無論拋來的問題與質疑是什麼，都要說：是！好！我知道了！

「怎麼了？妳沒聽懂嗎？」

父親將我因猝不及防所產生的沉默，誤認為憤怒與反抗。錯了，他錯了，他的下一句才讓我決意憤怒與反抗。

「如果辦不到，妳，這輩子，就不准再踏入我的廚房！」

「這兩件事有什麼關係呢？」我終於擠出了話。

咚！他將菜刀用力切進砧板，沒有回答。但我瞬間明白了，這件事無法被討論與商量。

後來，我真的沒有再走進「他的廚房」，也沒有再喝過蒜頭雞湯。我覺得自己身為「女兒」與「廚師」的身分，在那一日全被他否定。家裡已經沒有我的位置。我必須離開。無論是刻意讀餐飲西餐科，或是畢業後到了巴黎，這些都大大違背了他原本的期望。但再大的違逆，也比不過我喜歡女生的事實。

我成了家裡最邊緣的女兒。

□

這麼多年過去，在家與父親面對面的日子還是難熬，不會因難得從國外返家而有所改變。就像一碗放冷了沒人想去熱的肉湯，肉的油脂遇冷在表面凝結成白色膏狀，湯裡有什麼根本看不清。

樓下廚房因為餐館而長年運作著，父親身在其中，很難離開一步，而我亦不適合接近半步。偶有空檔碰了面，也只是點點頭，喊聲爸。母親自然也忙著協助廚房工作，無暇多管我。

回家的大多時候，我會在房間，憑藉輕飄上來的熱騰騰香氣，猜測客人都點了什麼。塔香茄子、蔥爆牛肉、乾煸四季豆，再來一盤鹹蛋苦瓜！同時想像他們看見菜餚上桌時的表情。

房間待膩了，我會悄悄出門，騎腳踏車亂晃。騎行路線都是一樣的，從市區的中正圓環開始，順著中山路經過地理中心碑，跨越眉溪，再沿國道六號下方，直至中正路左轉，又回到圓環。眼前景色讓人寂寞，宛如身在異鄉。反而看見法式餐廳或甜點店時，那份熟悉感會讓我不經思索地走進去，點上幾道餐點，待上一整個下午，為我們即將開幕的餐廳思索店名。

一天大致就這樣過了。好幾天也都是這樣過了。

人，都是很矛盾的吧？當我們走在塞納河的新橋上，我總會想起家鄉的眉溪。她們的樣貌當然不同，塞納河是氣勢磅礴又透露些許老態的貴族，眉溪呢，大概就是一年到頭從不化妝的自然系女孩。只是這世上無論哪條河水，湍流的樣子都是很接近的，閃著波光，朝遠方前行絕不回頭。

可能沒跟妳說過呢，我常常一個人在心裡玩著配對遊戲，將巴黎與家鄉的地點進行相似性的聯想。巴黎鐵塔若來到了埔里，就是山邊的禪寺，人們透過眺望尖塔來判斷自身的方向。圓環與圓環，向外放射出了香榭麗舍大道與中正路。想要俯瞰城鎮風景時，就到貝爾維爾公園與虎頭山，去那裡擁抱高空之風。我甚至覺得，巴黎的妳與埔里的我，也是這樣被命運所配對。

然而，每當我橫越距離與時差，雙腳落在現實之地，回到餐館前，那些思鄉情懷都會消失殆盡。家鄉所帶給我的疏離感，讓我好幾次想要切斷連結。溪流又如何？圓環又如何？世界上有千千萬萬的溪流與圓環，它們可以自行成對，不一定是巴黎與埔里，不是嗎？

Léa親愛的，不要為我難過。後來幾日，我的姊姊們從外縣市回到家裡，情況倒是好多了。她們擠進我的房間，輪流試穿我為她們買回來的衣服，還有香水、耳環、小皮包。她們在鏡子前擺姿勢、走台步，笑聲鬧哄哄的，伴隨幾次尖叫，非要我伸手抓住她們，她們才不會過於興奮如衝天氣球。

「噓，樓下會聽見的，打擾顧客用餐。」我說。

「哎妳在意那個餐館做什麼？爸都不准妳進廚房了。」大姊說。

「別管爸的餐館，聽媽說，妳要自己開餐廳了？」二姊說。語畢，她們又開始尖叫。

「是不是應該做幾道法國菜給我們吃呀？」

「妳傻呀，爸的廚房會讓她做法國菜？」

「那我們飛去巴黎吃好了！」

她們說，她們蒞臨的那天，餐廳不能對外營業，只能招待親友。她們會穿上我從巴黎買的服裝，並且勉強我們的母親噴上橙花的香水，戴上結婚時的珍珠耳環。她們也會勉強我們的父親，穿上衣櫥裡唯一的那套西裝。她們會坐在看得見巴黎鐵塔的窗邊，拿起閃亮的刀叉、高雅的香檳杯，為我親手做的每道料理拍照，再細細體會法式料理與台式料理的不同，以及，相同。最後她們會點甜點，點妳最拿手的蒙布朗，用簡單的法語，優雅地向妳表達喜愛。

我從來不知道她們這麼有想像力。兩個人，一人一句，好像說出來了，便能真的實現。或者，在某個平行時空裡。或者，在嘴裡實現過，也是一種實現。

現實在短暫的歡笑聲中襲來，美好的夢境終究因為失去持續的話語而慢慢消失。就像賣火柴的女孩，手中已經沒有火柴可以點燃。

我們低頭沉默，心裡明白，事情沒這麼簡單。

□

其實，父親曾經釋出善意。那是我到巴黎的第三年，我在越洋電話裡和母親聊著巴黎天氣如何，巴黎人如何，主廚如何，學徒工作如何。那時的日子，有點像是在吃可可比例高達九十五的黑巧克力，質地堅硬又滿嘴苦味，但在嘴裡久了又能溶出一絲絲的甜。母親十分擔心我，我跟母親說，可以的，我可以撐下去。

後來父親把電話接過去，他問我，打算在那裡待多久。我回答，直到我當上主廚為止。

接下來的話，這幾年作夢時我仍常常夢見。我永遠記得他從鼻子裡哼出氣，說：「勸妳早點放棄這種想法。我幫妳問過了，我有個朋友的兒子也是去法國學料理，還是在米其林餐廳，他說他沒看過女主廚。要當女主廚，妳回台灣，商量一下，就讓妳在我們家餐廳當。」

Léa，父親雖然是善意，卻再次刺傷了我。女主廚，法國沒有女主廚？那可不見得。即使米其林或法式料理界的女主廚比例極少，但不是零。沒錯，屏棄獎項、屏棄頭銜，妳的奶奶不也自己開了一間餐館，妳的媽媽不僅繼承了餐館還擴大店面，每天上門的顧客數可不輸米其林餐廳。我們不應該被他人認定什麼能做、什麼不能做。

自從那通電話之後，我就沒怎麼與父親說過話了。這次回去，我就想讓他知道，我做到了，我有能力在巴黎開餐廳、當主廚，而且我們的餐廳還是兩位女主廚掌廚！

可惜，我一直找不到機會向他開口。

在台灣的最後幾日，我睡得極差，往往天未亮便醒了。

我帶著恍惚的思緒下樓，腳步放得極輕，才不至於在樓梯間踩出回音。外頭路燈的燈光折射進一樓走廊，剛好為那尊灶神映上光暈。我走上前，細細凝視，彷彿初見。

祂被長年的香火，燻得整身黑黝黝的，僅僅在靠近腳部的衣襬上，露出原本的木頭色。我也發現了，祂的腳還看得出我小時候長時間觸摸的痕跡，鞋尖格外光滑、油亮。想對祂說點什麼，又無話可說。我對父親亦是如此。

有道腳步聲從樓上一階一階走下，我聽出是父親。縱使是休假日，父親還是按時起床。我沒有避開。他見到我，有些驚訝，馬上又故作無事地，從神龕的抽屜抽出兩支香。後來又想起什麼似地，推回一支。

他持香在額頭，閉眼默唸，話語又小又碎。記得從前父親帶我來到灶神面前，教我如何敬拜，禱詞都是那些，保佑廚房平安、保佑餐廳興隆、保佑家人健康。隨後，他將香插好。些許香灰落在香爐旁的一碗蒜頭上，彷彿沉落了庇佑。

「你覺得法國餐廳裡也會有灶神嗎？」我問。既然都開口了，不如一次清楚，我又說：「我要在巴黎開餐廳了。跟我女朋友Léa一起。」

香，燃燒的時候是沒有聲音的，再怎麼仔細傾聽也聽不見，而燃燒過的地方會慢慢失去顏色，變成毫無生氣的灰，累積到一定長度後，再因某種緣故崩落。

「我怎麼知道。」許久後，他只回應了前句，擺擺手，揚起的風將香灰吹落了，散在香爐四周，拼不出可辨識的圖樣。

妳覺得有沒有可能，當時父親的反應，亦是被突如其來的情況所震嚇，只能表現得那麼漠然？畢竟他可能從未想過，灶神出現在法國餐廳的可能性、我在法國開餐廳的可能性，以及我依舊喜歡女性的可能性。

然而那個當下，我的情緒先驅動了身體，上樓，將所有物品塞進行李箱，一邊查詢飛往巴黎的最近班機。然後，另一種情緒又支配了我，它要我照照鏡子，確認自己再也不是當年只能選擇逃離的小女孩。

沒錯，去他的！

我騎腳踏車出門，在花市、超市與麵包店，分別買了鼠尾草、百里香、月桂葉、橄欖油及長棍麵包。

回家，衝進父親的廚房，將所有的食材往料理台放。打開櫃子拿出湯鍋，打開冰箱拿出雞蛋，又抓了一大把蒜頭。

那些大大小小、無所顧忌的聲響，驚得剛睡醒的母親與姊姊下樓查看。她們見我一臉準備「革命」的表情，似乎也急欲看見「政權」被推翻的一刻。母親亦直接報信說，父親去找朋友，一個小時後才會回來。

深吸了一口氣，我將所有精神凝聚起來。

鹽與水，蒜頭與香草，以及過往與父親的所有回憶，全部放入鐵鍋，均勻淋上三湯匙橄欖油，一起小火燉煮。三顆雞蛋，只取蛋黃，加入不甘心和橄欖油攪拌，讓顏色從鮮黃變成柔和的鵝黃。湯裡撈出香草與蒜頭，用累積多年的不滿情緒，把蒜頭壓成泥，與蛋黃液一起過篩，緩緩倒入湯中。攪拌，攪拌，攪拌複雜的思緒，攪拌矛盾的情感，直到湯色變成奶油黃，最後撒上鮮綠香草點綴。麵包切片，放入烤箱，邊緣呈焦色，散出好吃的麵粉香。完成。

身為女兒，身為女主廚，這是我的「復仇」。

父親回來時，被眼前陣仗嚇了一跳。一家人圍坐在餐館圓桌，面前都擺了一碗湯與幾片麵包。他在我們的目光裡，坐下。

「這是法式大蒜濃湯。」我大聲宣告。

大蒜？怎麼沒有蒜味？二姊率先喝了一口，其他人也跟進，除了父親。她們邊喝邊驚歎，不但沒有蒜味，還有細緻的香草香，口感濃郁溫潤，越喝越暖，彷似於冬季裹上白色毛毯。

爸，你喝喝看呀。我忘記這句話是大姊還是二姊說的，因為後來餐桌上的所有人，除了我，都慫恿他至少要喝一口。

他四面楚歌，拿起湯匙的手顫顫地，舀了一口湯往嘴裡送。像是感知到有什麼即將來襲，他堅毅的五官鬆動了。

□

他喝完說了什麼？

沒有Léa，他什麼也沒說，只是靜靜地喝完了湯，接著上樓。

一定有什麼被改變了吧？

我就知道妳會這麼問。妳是天生的樂觀者，我也希望能跟妳一樣樂觀。

好啦，我騙不了妳，妳不但是樂觀者，還很聰明。

妳知道中文裡「矛盾」一詞背後的故事嗎？什麼都能摧毀的矛，以及，什麼都能抵禦的盾，兩者若遇到了，會發生什麼事呢？如果父親的蒜頭雞湯是盾，我的法式大蒜濃湯就是矛，它們以奇異的姿態相遇了。

誰輸誰贏？Léa，大概是沒輸沒贏呢。

只是後來幾日呀，我在父親的台式廚房裡做起了法式料理。畢竟姊姊們老纏著我，父親也沒有禁止我。

我做了法式白醬燉小牛肉、油封蒜味薯泥、肉餡塔、普羅旺斯燉菜、馬賽魚湯。馬賽魚湯，我們一起做過，放入各種地中海魚類和香氣交疊的香料，麻煩得很。沒想到，我用台灣的漁產來做馬賽魚湯，還別有風味呢！這也是一種台法融合吧，就像我們。對啦，還有可麗餅，薄薄一層，搭配奶油和焦糖，塗上用在地新鮮百香果煮的果醬，再撒上糖粉，酸甜酸甜的，母親特別喜歡。

父親，那個不苟言笑、曾經不准我踏入廚房的父親，他還是沒說什麼，只是吃完我做的每道法式料理。乾乾淨淨。連台灣人討厭的裝飾用香草，他也默默咀嚼。

Léa，這樣就好了。我已經心滿意足。

妳記得我一開始說的嗎？這幅像是父親送我的。生性彆扭的父親，透過母親將卷軸交付給我。是的，Léa，妳猜對了。眼前這幅像，就是灶神。一幅與一尊，都是一樣的。妳看祂，笑得多親切，妳也喜歡吧。

其實我也不敢肯定，究竟是不是那碗大蒜濃湯修復了我和父親的關係。可能是，可能不是。可能，這些事從一開始就不值得耗費多年才能彼此理解。

所以，我在想呀，Léa妳下次要不要陪我回家呢？有妳陪伴，回家的路程或許就不會像讀兩次《悲慘世界》那麼遙遠。我知道妳在擔心什麼，父親肯定我成為女主廚，與是否接受我是女同志，是兩件事。沒錯，是兩件。但我畢竟是他女兒，也繼承了他的固執，我不會放棄讓他理解我們的。

啊，妳要不要研發一種大蒜甜點呢，或許那就是我們攻陷他內心的方式。

對了親愛的，說到大蒜，餐廳的名字就以大蒜的法文「L'Ail」命名如何？

很高興妳也喜歡。沒錯，一點也不正統，甚至有些搞怪，但可愛，就像在法式餐廳供奉灶神一樣。

希望走進「L'Ail」的人都能明白，被湊對的事物，可以相似，也可以完全相反，然後懂得以這樣的心情去欣賞人生，理解所有可能。

〈L'Ail〉完

島嶼上的神祇——

灶神

灶（竈），為中國古代五祀之一，信仰悠長。身為家神，灶神除了掌管廚房、飲食、用火安全之外，還有監察家户善惡的職責，故於農曆十二月二十四日「送神日」，家户會準備甜品祭拜，祈求灶神返回天庭時為家裡說些好話；大年初四亦記得準備供品來「接神」返家。時代演變，於家中廚房張貼灶神畫像者略為少見，若想一探究竟，可至主祀灶神（另稱灶君或司命真君）的廟宇走走。

❖推薦走訪廟宇：新竹北埔五指山灶君堂、南投埔里司命宮灶財神。

天眼

「晚安，惡人有報。」

「晚安，惡鬼難逃。」

在廟門關上後，說話的兩位，總是以這兩句作為開場白。

先說話的，按慣例是龍邊的那位，祂面白、鳳眼，比起惡鬼，祂更憎恨惡人，認為有幸生而為人還不知珍惜，實在可惡！

接話的是虎邊那位，面黑、怒眼，有著濃郁的眉毛與長鬚，眼神還保有當初守護桃樹的銳利，讓萬鬼懼怕至今。

介於廟門關上與開啟的這段光線昏暗的時刻，即是祂們得以稍微活動、閒聊的時刻。祂們挺拔地站了一天，全身都僵了。隨著祂們伸展手腳、身體左右扭轉，全身的甲冑亦接連發出沉重又脆亮的聲響，像放不完的鞭炮；而原本僵硬飄浮著的飄帶與靠旗，也伸懶腰似地延展繃緊，又舒坦開來，恢復了柔軟身段。祂們揮了揮長鉞，蹬了蹬雲頭靴，又理了理那條厚重的玉腰帶，才算暖身完畢。

「今天又是無事的一天。」

「是呀，無事就是好日。」

「但還是有些懷念，我們在度碩山……」

「度碩山，桃樹下，鬼門在東北邊……」

「你我站在那掌管鬼門，」

「手拿葦草編成的繩索。」

「捆惡鬼！」

「餵白虎！」

「多好呀。」

「多好呀。」

話說到此，祂們的身分也呼之欲出。

神荼、鬱壘，門神是也。

祂們一起固守桃樹千年、廟門百年，不僅早已練就銜接彼此話語的默契，說話長短和語氣停頓，亦能一絲不差。

在廟門關上的這段無人時光，祂們什麼都聊，而所聊之事都是祂們看見的。被祂們看見的，有從神色就能得知所求何事的往返信徒；香灰墜落時碎裂在香爐供桌上的形狀；躺在香油箱裡被捲曲凹折的紙鈔；穿越香火濃霧的幾隻蚊子；積累在廟內至高處藻井與斗栱的灰塵；幾日後雛鳥將破殼而出，築巢於樑邊的燕子；小孩子不小心落在廟埕的枝仔冰，融化成的一灘糖水。

然而今日最蔚為奇觀的是：

「你今天有沒有看到？」

「自然看到了，誇張！」

「娃娃車裡頭推的是，」

「是狗！還是吉娃娃！」

「唉！」

「唉！」

「都不懂這世道了。」

「這世道太難懂了。」

「還有呀，有個流鼻涕的小鬼，」

「他，竟然把鼻涕抹在柱子上！」

「差點就要現身叫他把柱子擦乾淨了！」

「擦完再把他綁在柱子上來殺雞儆猴！」

「我還看到今天老尉又把公文，」

「塞進他右手邊最下層的抽屜。」

祂們說的老尉是廟公，已經服務數十年，每天清晨開廟門，夜裡關廟門。祂們的第一眼與最後一眼都是看見他。

「他這習慣還真改不了。」

「喜歡把麻煩事給延宕。」

「眼不見為淨嘛。」

「但我們看見了。」

這夜裡，祂們一來一往，輕聲低語，重複且碎裂似海潮，也似被風吹得陣陣作響的樹林。不仔細聽，還聽不見呢。

那些重複且碎裂的話語，宛如計算著時辰，隨著日光重新返回人間，音量也漸漸變小了。當老尉於清晨時分踏入廟埕，話語已完全消失，取而代之的是，嘎——那推開廟門的聲響，宣告新的一天正式開始。

□

這天，還沒有人知道會是個大日子。老尉如同往常，一一打開前後殿的廟門。鑰匙與門鎖迸發出火花燃燒般的聲音，猶如為眾神明解鎖，暗示神力又將回到人間。他來回走動，確認電燈、桌椅、地板等每個地方都符合一間廟宇應該有的樣子，該開啟的開啟，該整潔的整潔。

正當一切就緒，心裡卻突然起了一絲感應，迫使他回頭一望，望向神龕上無語的七尊神像。他一時也瞧不出哪裡不對勁。個子矮小的他，索性拿來平日就放置一旁的椅凳，往上一站，湊近去查找神像說不出的異樣。他的目光在七尊神像之間來來回回比對查看，位置對了，數量對了，衣冠也穿戴整齊，那麼是……

啊。他的身體自己迸發出那驚訝的一聲。

啊！這次更為大聲。

老天爺！原本各自掛在神尊脖子上的七面金牌，其中一面，竟然變成一張形狀與顏色相仿的紙牌！被偷天換日了！

廟宇遭竊並不少見，被偷走的物品也無奇不有，供品、酒杯、花瓶、香油錢，更大膽一點的，還會抱走整尊神像。

俗語都說，人在做，天在看。但竊賊也不怕，大剌剌地在神明面前偷走神明之物。能夠成為如此竊賊，出生時的膽肯定就比一般人大吧。

廟公當久了，多少也有心理準備，有一天定會遭遇此事。只是真正發生的時候，老尉還是驚訝得說不出話來。他打了一些電話，同時報了警。接著，廟裡來了一群宮廟委員和一位年輕員警，將廟辦公室都擠滿了。他們試著釐清案情，全由年輕員警開口詢問。

——你何時發現金牌變紙牌的？

——一大早，開廟門時發現的。

——昨天你沒發現異樣？會是昨天剛被調包嗎？

——不知道呀，剛好就今天早上多看了一眼，才發現被調包的。

——所以你也沒辦法確定金牌可能被偷走的時間點？

——嘿呀，無法肯定。

——你們廟裡沒有裝監視器嗎？

——沒有，哎呀是不是該裝了呢……

老尉十分懊惱，其實廟務會議裡，曾多次討論裝監視器的問題，只是這廟從來沒有發生偷竊之事，所以裝監視器的議題就總是不了了之。他還來不及向員警坦白這段原委，員警便又接著問。

——金牌，你說金牌有七面，只有一面被調包？

——是呀，每尊神像都有一面，是一位信眾為了還願，特別訂製的。

——這樣一面多重，值多少錢，你知道嗎？

——警察大人，你不要小看這一面小小的，才手心般大，這可是那位信眾特別去訂製的，純金的，還十足十加厚，重量有零點二錢，算起來一面要八、九千元耶。

——上面的圖案是什麼？

——蝙蝠和獅子，叫五福雙獅啦。

——金牌的造型有什麼特殊嗎？

——就是一般常見的如意形狀。

員警點點頭，做了筆記，了解大致情況後，又請老尉帶路至附近走走。若廟裡沒有監視器，那也只能調外頭路口的監視器看看了。

他們將四周街道巡視了一遍，環境非常單純，附近有早市，中午過後就是安靜的老街，老街盡頭便是廟了。

這條老街，或是說這座偏僻小鎮，曾經的興盛都是因為這座廟。廟，是人流的聚集地，又成為貨物的集散地，早年物資都是商販挑著扁擔來這裡買賣，人聲鼎沸。但那大抵已是清末民初之事了。時代前行，建築樣式獨特的老街也曾是風光一時的觀光景點。然而，時代繼續無聲地前行，老街已不復百年風華，只是更為沉寂，宛如海市蜃樓，宛如黃粱一夢。

他們站在廟門前，將老街一眼望穿。眼前景色雖略微蕭條，但他們沒有一絲感傷，只有對自小生長之地的滿滿親近感情，因而更期盼能揪出打破小鎮寧靜安好的竊賊。

查看完周遭環境，老尉隨員警至警局做筆錄。那位年輕員警頗為親切，還為他倒了一杯茶。雖然事情緣由已經在廟裡說過，員警還是更為詳細地再問了一次。像是，尉先生你是幾點幾分發現金牌變紙牌的？廟裡每天幾點開關廟門？金牌是哪位信眾因為什麼原因酬迓的？近日是否有可疑分子出入？或有什麼不尋常的事嗎？有沒有可能是廟裡的人做的呢？

他越是試圖回答警察的詢問，越是想不透為什麼會發生這件事。每個問題都讓他的身形縮得越來越小，顯得頹喪。

突然地，他從文件上發現員警姓秦，立刻挺直了腰。

——怎麼了？是想起什麼了嗎？

——你知道，有一對門神叫作秦叔寶與尉遲恭嗎？

——不知道耶，這跟案情有關嗎？

——沒有、沒有……

他喪氣地坐回座位，懊惱自己在這個時刻還留意這種無意義的小事。員警姓秦，他姓尉，只是與門神秦叔寶和尉遲恭同姓這樣子的巧合。他實在說不出口。

離開警局後，他回到廟裡，在亥時關上廟門，廟門發出一如開啟時的古老軋聲。

□

幾乎是時辰一到，秒針剛指到十二的剎那，門神再也按捺不住。

「我們怎麼會沒看見呢？」神荼一怒，背後的飄帶原本鬆緩飄逸，倏地緊縮起來，猶如亟欲捕捉獵物的蟒蛇。

「竟然逃過我們的法眼？」鬱壘也忿忿不平，將手中的黑鬚掐得更緊，全身的甲冑都因為怒氣而顫抖，發出鏗鏘聲。

百年來，祂們閱人無數，一個人縱使外表看起來如何平靜謙和或富貴富足，那也只是「相」，內心的真貌在祂們眼裡似玻璃屋，一眼就能看清格局是寬是窄、是淨是雜、是亮是闇。

「我們定要找出那個人！」

「並且好好修理他一頓！」

但要怎麼找呢？天界規定，門神不能離開護守的廟宇半步。

「我們先用天觀眼試試。」

「好，就從一日內找起。」

祂們闔眼，將元神凝聚在眉心，一日內見過的所有事物都織成了光的錦帶，人影、話語、香火，那些回憶的亡靈，以極快的速度流過，宛若幽微的河流。祂們從中尋找任何可疑之處。

半晌，祂們同時回報了進度：「我這裡沒看見。」

於是祂們決定再往回推，一路追溯至七日前。光影不斷地往回播放，偶爾停格，再繼續，細細查看所有來客的面容，以及他們的內心。

只是這廟歷史悠久，七日內來去的香客實在太多，天光甫亮之時，祂們終於查看完七日光景，還來不及向彼此分享結果，廟公就踏進廟埕，迫使祂們無奈地閉上了嘴，只能用眼神傳遞來不及說出的話語——「還是沒看見。」

□

廟公一早來廟裡，那失落的金牌，成為他心中的疙瘩，讓他刻意不往神龕望去，卻又忍不住要看。唉！所有神像皆有金牌，唯獨最靠案邊的那尊。不知道會不會有信眾發現？當初還願的信徒若最近來到廟裡，又該怎麼向他解釋？

紙金牌在被警察當作物證、扣在警局之前，他仔細瞧過了。那紙金牌做得極為粗糙，紙張大抵是去一般文具店買的，挑了最鮮艷的黃，剪成玉如意的樣子，邊緣還留有不齊的鬚邊。拿來剪紙的剪刀定是生鏽或不利了。上頭五福雙獅的黑線也是歪歪扭扭的，像是右撇子用左手描繪的。

好歹也要做漂亮一點！廟公低喃，同時也更加自責沒有早點發現這個誠意不足的偽品。

中午時分，他特地打電話請另一位委員前來顧廟，他可再也不敢讓廟開著門、裡頭卻沒有自己的人。早幾年他偶爾會放著廟，騎上腳踏車，去附近的中藥行買青草茶，再至隔壁攤買蔥油餅，路上遇到了誰再閒聊幾句，才回到辦公室享用他的點心。這半小時、一小時的，也從未出過什麼大事。如今可不行了。他就想不通了，這熟面孔比陌生面孔還多的窮鄉僻壤，哪來的竊賊？說不定還是自己認識的人？

將廟安頓好後，他買了幾杯青草茶去警局，想問問查案狀況。

——秦警員，喝茶。

——謝謝，謝謝，不好意思耶。

——不知道案子有沒有眉目？

——已經調出附近的監視器了，只是不知道確切的案發時間，必須一個一個看，可能沒那麼快。

——這樣呀，辛苦了。附近的廟，最近有沒有遇到類似的事呢？

——沒收到報案耶。對啦，廟那邊也可以多跟常來的信徒打聽看看，或許有人看見了什麼，也能成為線索。

——欸這個事，我們不敢大肆張揚，說出去不好聽啦。

話題到這邊就斷了，廟公道完謝，就走了。離開前，秦警員又補了一句：如果可以，建議廟裡裝一下監視器吧，說不定竊賊還會來呢。

竊賊還敢來？他再來，我就要打得他在神明面前下跪道歉！廟公這心裡話自然沒說出來。

回到廟裡，見到神像，他又忍不住嘆氣。

他走進辦公室，幾位知情的廟務委員都來了，他們一人一句，鬧哄哄的，無外乎是問：金牌怎麼會不見了？何時不見的？誰偷的？警察怎麼說？找不找得回來？

這些問題他也想知道答案呀。沒有答案的問題，問了也是白問。

後來就有人說，我們先趕快裝監視器吧！

其實老尉是不願裝監視器的，原因有好多個，他自己也說不清哪一個是主因。監視器要裝可不只一支，大門要，大殿後殿要，辦公室也要，裝下來要花多少費用呀？要在百年廟宇裝監視器，線路配置什麼的，說不定既複雜還會傷到建築。神明庇佑，廟裡向來沒發生大事，清清靜靜，裝了監視器反倒是印證世風日下，人心不怕神，竟怕這小小機器？神明威嚴何在？沒有道理。

眾人們分析利弊，也想法不一。後來又不知是誰說的，不如，我們擲筊問神明，讓祂們決定吧！於是決定這月下旬，召集所有委員前來，慎重請示神明。

□

這個決定到了深夜閉上廟門後，成為門神率先討論之事。

「如果裝了監視器，我們多沒面子呀。」

「是呀，那機器要吃電，我們可不用。」

「看來我們要盡快找出犯人。」

「找出來他們就不急著裝了。」

「問題是我什麼也沒看見。」

「對呀真奇怪我也沒看見。」

祂們沉思了一會，想不通自己連鬼都看得見，怎麼會看不見一個犯人呢？

「莫非事情發生在七日前？」

「那我們更是怠忽職守了！」

語畢，彷彿是要潛進很深很深的海底，祂們一同閉上眼，暫停了吐息。光的影像似川流，逆流收回，不斷地逆流，宛若沒有盡頭。直到十日前的一個畫面出現為止。

「啊！九月初七，老尉才將七面金牌擦拭過！」

「他還不小心撞倒一名在旁邊觀看的小女孩！」

終於把時間範圍縮短了，祂們心情大振，身後的背旗也一同飄揚。但怪的是，這期間完全沒看見有任何人去調包金牌。

那麼，接下來呢？祂們決定把十日內的光景再從頭盤查一次。一次不夠就盤查兩次、三次，總能找到賊人的小尾巴：無論他用了什麼偽裝，都必定會現形。

結果卻出乎祂們的意料，異狀還是鬱壘先發現的。祂將一小段流光影像再次播放，怒視了好一會，不可置信地揉了揉自己如雞蛋般瞪大的眼睛，連濃密的眉毛都被揉得亂了形狀。

「神荼你看看，我們太專注可疑之人，沒想瞬間金牌就變紙牌？」

神荼的鳳眼完全不敢眨，見證了畫面，感嘆地搖搖頭。

「古語說禍不單行就是這樣吧，事情竟然偏偏發生在那個時候。」

神茶還記得那日，風和日麗，卻發生一件倒楣事。有一醉漢來到廟裡，呼嚕嘩啦地，弄倒不少供品與擺設，還接連撞關了有神茶和鬱壘的兩道廟門，於是祂們的視線在短短幾秒內，從殿內之景移轉到艷陽曝曬的戶外。幾分鐘後，在信徒的幫忙下，廟門再次歸回敞開之位，但金牌已經變成沒有光澤的紙牌。

無怪乎祂們什麼也沒看見。

□

鄉下地方，需要偵辦、協調、結案的案件不多，而且不出鄰居吵架或車禍糾紛這種平常之事，因此神明金牌被偷這件事，讓秦警員分外在意。他只要一有空，就查看廟宇周邊的監視器畫面，希望能找到一點線索。看了好幾日，都沒有異常之處。果然，金牌那麼小，只要放進包包或口袋裡，便了無痕跡。那麼該怎麼破案呢？

就在這個時候，鄰座同事接到一通電話，要他接一下。

——怎麼了？

——你接了就知道。

他接完電話，急著就要出門，在他轄內又有一間宮廟的神明金牌被調包了！那間宮廟的負責人，是一位婦人，她說金牌被調包的神像放在偏殿，她是在打掃時發現的。

秦警員仔細確認留下來的紙牌，與尉廟公發現的那張，從粗糙的痕跡上來看，幾乎可以判斷是同一人所做。

——你們有沒有裝監視器？

——有有有！

婦人連忙說了三聲，然後帶他到放置監視設備的小辦公室。

這案子終於有線索了，他想。

□

廟公今日開啟廟門的時候，或許是錯覺，總覺得門上神荼和鬱壘的繪彩似乎變淡了些。

說起門神，他想起自己初當廟公沒多久，曾遇到一對父女，祭拜完主神後，仰望著廟門討論許久。好一會，女孩有些畏縮地說不要問啦，父親卻說問一下沒關係啦，這般地朝他走來。

——廟公，請問一下，這門上的是何方神祇？

這問題問得真怪。他肯定地說，門神呀。

——是，是門神，請問是哪對門神？

他一時語塞。心想，門神就門神，哪對門神是什麼意思？

幸好一位資深的廟裡同事也在現場，回覆了，那是神荼與鬱壘。

待父女走後，他才敢問同事，門神也有分？

同事得意地說：有分囉，大部分的廟是秦叔寶、尉遲恭，我們這廟較為少見，繪的是神荼與鬱壘。還有些廟呀，有四大天王、哼哈二將、風調雨順、韋馱伽藍，我還看過用龍王當門神的咧！

自那次對話後，每次開啟廟門時，他都會仰望神荼、鬱壘的面容好一會。他忘了問誰是神荼、誰是鬱壘，只知在畫師的筆下，白臉那位看起來嫉惡如仇、不好相處的模樣，而黑臉那位則貌似氣力大、脾氣暴躁。最令人難忘的，無非是祂們那雙「四顧眼」，無論從何種角度看，祂們也都回以X光般穿透人心的眼神，令人無所遁逃。明明是人畫的，卻如此有神威，導致他開啟廟門時都會分外小心。

不過，門神彩繪變淡也自然，都百年古廟了，哪能像以前那樣新呢？就像自己，年紀大了也不中用了。

金牌事件後，他白天變得神經兮兮，總會細細查看廟裡陳設，有沒有哪裡又被偷天換日了。到了晚上也睡不好，昨晚還夢見整座廟都被紙牌給換了一遍，匾額是紙做的，柱子是紙做的，連他自己也只是一張輕薄泛灰的舊紙，立在廟前充當擺設。

正當他一邊胡思亂想，一邊低頭擦拭桌案時，一對男女走了進來，直說要找廟公詢問一件事。

——什麼事呀？

——我們是電視台記者，聽說廟裡的金牌被偷天換日，變成一張紙牌？是真的嗎？聽說嫌犯到現在還沒被抓到？

見他沉默，記者又說，你知道，附近有間廟的金牌也被偷了嗎？

他倏地抬頭。真的嗎？

——對呀，我們已經去訪問過那間了，那個紙牌簡直就像小朋友的勞作。

既然事情已經掩蓋不了，又出現第二間宮廟受害，老尉也顧不得原先的顧慮，無可奈何地說：好吧，你們要問什麼？

□

夜幕降下，廟門又熱鬧起來。

「聽見了吧，第二間是隔壁里的神農廟。」

「祂們的門神定有看到什麼，我們問問。」

神荼拿出背袋上的弓，鬱壘則從箭袋裡抽出箭，祂們將欲傳遞的話語託付在箭上，射向閃爍的星空。宛如認得路，那支箭在半空中轉了個彎，往神農廟而去。在等待的同時，祂們也沒安靜。

「犯人不知是何人？」

「可能貪圖那金價。」

夏夜，萬戶人家都閉上門窗吹冷氣，人間顯得比一般日子更加靜謐美好。

不久，沉默的夜空裡，有一道流星般的光線，朝廟門而來。鬱壘一伸手，就抓住那化為箭的光線。原本銳利的光在祂手裡慢慢融化，融成一面昏黃朦朧的映像。

在那映像中，祂們看見神農廟的偏殿空無一人，直到一名綁著短馬尾的小女孩走進來。沒有左顧右盼，小女孩直直朝向面前的神像走去，直接將神像上的金牌取下，接著換成紙牌，轉身就走。整個過程只有短短幾秒。

攫住這意想不到的真相後，神荼、鬱壘反而半晌說不出話來。

「是小女孩？」

「是小女孩。」

「還是老尉十日前擦金牌時，站在一旁觀看的女孩。」

「是她沒錯，我們得想辦法找到她，問問怎麼回事。」

鬱壘再次從箭筒抽出一支箭，交由神荼發射出去。那輕薄的箭因為背負重要使命，在空中瞬間化為百支，朝附近的百廟而去。

相信當箭矢抵達各方門神手裡時，整座鄉鎮的千道門，都將成為同一雙眼睛。

□

隔日，秦警員通知老尉到警局一趟，說是從金牌被調換的神農廟的監視畫面裡，拍到了一名綁著馬尾的小女孩，約莫國小年紀。老尉坐在警局電腦前，親眼見小女孩在短短幾秒內調換了金牌，感到驚訝不已。

我們還在追查這是誰家的小孩。你對她有沒有印象？秦警員問，頂著明顯徹夜沒睡的黑眼圈。

廟公搖搖頭，又點點頭，從她擺盪的馬尾裡，想起了什麼。當時他正在整理桌案，剛擦拭完金牌上的灰塵，一個轉身，就把女孩撞倒了。他完全不知女孩站在他身後，還站得極近。他將她扶起，問還好嗎？女孩也不說話，就把一張紙遞到他面前。

——她，她來過廟裡。我忘記是哪一日了，她拿著一張紙條，上頭寫著能不能借她金牌用一用。

——你有借她嗎？

——沒有呀，神明的東西怎麼能隨意借走，況且我也不知道她借走是要幹嘛。

秦警員沉思了一會，又問，她為什麼是寫在紙條上問你呢？

——喔，她是啞巴。

與此同時，彷彿說好似地，警局辦公室的電視機裡傳來了廟公的聲音。他們被嚇了一跳，目光下意識地朝電視看去，發現電視新聞正好在報導這起竊案，鎮上兩間廟宇的神明金牌變成了紙牌，犯人是何人還不得而知。

□

就在秦警員與尉廟公在警局觀看監視畫面的同一刻，神荼與鬱壘也沒閒著。祂們猜想，小女孩可能會再出沒宮廟。透過昨晚以箭矢傳遞訊息之後，當地門神都答應借出祂們的眼睛。

於是，神荼與鬱壘，一會在觀音巖前面借了韋馱與伽藍的位，一會在關聖帝君殿值了哼哈二將的班，又一會，成為當地最大廟宇前的秦叔寶和尉遲恭的眼。

祂們的眼睛，在小鎮各個角落，任何有門神站守的地方，搜尋小女孩的身影。

終於，在一處偏僻簡陋的小巷子裡，找到了她。

巷子裡沒有廟，只有一間間殘破的矮房，剛好其中一矮房門上貼了一對版畫門神。版畫顏色彷彿已被日光稀釋得斑駁黯淡，唯獨眼睛仍炯炯有神，方能找到如此隱密的位置。

祂們以沉默的雙眼，見著女孩出現在矮房對面的老屋。她攙扶著雙腿無力的老婦，艱難地從陰暗的屋裡來到屋外，最後坐在一張發霉的搖椅上，似乎想讓老婦曬曬傍晚較不毒辣的陽光。

這件事現在變得不好辦了。若是惡人，神荼定要用最殺氣騰騰的眼神，逼視對方，讓對方惡夢連連；若是惡鬼，鬱壘必是拿長鉞，朝鬼的鼻心刺去。可如今是個小女孩。

祂們也查看過了，她的內心剔透，唯一的想法是讓重病的祖母好起來。

女孩將祖母在搖椅上安置好後，又搬出一張邊角碎裂的椅凳。她進進出出，在椅凳上放置藥袋、水壺和酸梅，一下子椅面便沒有空間了。她撕開藥包，大小藥丸落在祖母乾癟的手上，祖母倒入嘴裡，她一秒也不落地遞上了水。祖母喝水，她也沒閒著，輕撫祖母的駝背，深怕祖母嗆到噎到。藥吃完了，她又給祖母一顆酸梅，祖母含著，漾出小小的微笑。

整個過程中，女孩的雙眉始終緊皺著，彷彿每一瞬，都要極為小心才能免於生存的磨難。

那雙眉眼，令神荼與鬱壘印象深刻，使得祂們久留在對面，靜靜觀看，直到光線偏斜得再也照不進這條小巷為止。

□

兩日後，秦警員還在追查女孩的身世，而老尉則準備著開會通知，要一封封寄信邀請委員們前來，擲筊請示神明是否裝設監視器。

他用辦公室的簡易印表機，一一印出通知函，濃郁的墨印似乎也理解此事的慎重。紙張被他折成三摺，放入信封，貼上膠帶，正面再親筆寫好姓名、地址。與以往的開會通知信函不同，這些信寄出後，好似成為一種證據與判決，證明世人不畏神，並判定他的失職。

他伏在辦公桌前，每個簡單的動作，都讓他感到沉重。於是當他眼前出現一雙稚嫩顫抖的小手，手上捧著一面金牌時，他一時還搞不清楚是怎麼回事。抬頭，愣了好久，才意識到是「小女孩」！

女孩將金牌輕輕放在桌上，毫不留戀，並從書包裡拿出一本冊子，急著翻出第一頁，寫了大大的三個字：對不起！

見老尉依舊沉靜地坐在位子上，她才不害怕地接續著翻，訴說一個無聲的故事。

她叫小蝶，國小六年級，由祖母帶大，父母親不知去了哪裡，只有在定期匯錢進來的郵局存簿上，會看見他們的名字。她天生是啞巴，或許這就是父母親離棄她的原因。身為啞巴，最痛苦的，是所有話語只進不出，當被同學嘲弄、欺罵的時候，她無法以相同的惡意或加倍的惡意反彈回去。祖母不識字，她也沒辦法用書寫的方式向祖母訴苦。

但她相信，祖母還是知道的，無論是從她的身體何處得知，祖母就是知道。祖母會熬一種甜湯，陪她靜靜地喝。祖母說，痛苦變成眼淚流出來，一切就會變好了。她不確定祖母說的是不是真的，她聽了只是想哭，一直哭，哭進內心最深之處。她在那裡立誓，她要與祖母相依為命，直到再也無法相依為命為止。

前陣子祖母病了，看醫生一直沒好。她覺得若祖母真的死了，她也要去死。但祖母還活著，就要想辦法讓祖母活著。她聽街坊鄰居說，神明的物品受過加持，若能向廟裡求一個什麼回來，或許有幫助。她便去祖母常去的廟裡，相中了金牌。為什麼是金牌？因為金牌一年三百六十五天、一天二十四小時都不離神明之身，肯定加持得更多。

所以，她就想用「借」的。等祖母病一好，就還回來。

對不起。

小蝶的對不起雖然沒有聲音，但是她低垂的眉眼、雙手緊握在胸口的動作，以及整個人所散發出的情緒，都展現了明顯而誠摯的歉意。

老尉看似想了很久，又或是什麼也沒有想，他靜靜地感受這個時刻，這個再次提醒他神明存在的必要的時刻。許久，他終於開口。

——妳有帶另一塊金牌嗎？

小蝶點點頭，掏出了神農廟的那塊。

——走吧，我陪妳去還。但是，下不為例呦。

聽到這番話，她全身緊縮了一下，接著如不倒翁般，不斷地向廟公鞠躬道謝。他們步出廟門時，她拉了廟公的衣角，示意請等她一下。她跑到殿內正中間的位置，向主神拜了拜，又回過頭，分別向神荼和鬱壘敬拜。

——怎麼了？

她拿出冊子，寫了廟公想不通的句子——祂們，昨晚來陪我聊天，在夢裡，我能開口說話，我們聊了好久好久。

□

事情差不多就這樣落幕了。雖然小蝶因為竊盜事實，後續仍須受到兒少單位的關切與輔導，但她知道那是為了她好，她確實做錯事了，她願意領受任何責罰。

世間柔善，沒有人嚴正責罰她，反而紛紛出手幫助她。善心的秦警員不時會去小蝶家關心查看，幸好祖母狀況越來越好。老尉每星期也會帶著信眾捐贈的物資前往探訪，這次他還帶了一對紙印的門神，爲小蝶家貼上。

小蝶的眼睛，看著神荼和鬱壘的眼睛，一向緊繃的眉眼靜靜地笑了。或許，祂們至今仍會去夢裡陪她聊天也說不定。

後來，廟裡監視器又是如何呢？

找回金牌後，沒有人再提起安裝監視器的事。那疊已經裝入信封的廟務委員開會通知，被老尉擱置在辦公桌右手邊最底層的抽屜裡，與不想理會的煩人公文，被一起刻意遺忘了。

〈天眼〉完

島嶼上的神祇——
門神

門，象徵空間的界定、人的進出，亦具防衛功能。自殷商時期的五祀中，「門」即為其中一祀，可知門神歷史起源甚早，並有鎮魔除災、護守門禁的意涵。門神護佑之處不僅在廟宇，一般民宅亦可見。台灣最常見的武門神為秦叔寶和尉遲恭，另有神荼與鬱壘、韋馱與伽藍、哼哈二將、四大元帥、四大天王等。辨認門神也是走訪廟宇的樂趣之一！

❖推薦走訪廟宇：彰化鹿港龍山寺、嘉義城隍廟、台南法華寺、高雄三鳳宮等，可以欣賞知名門神繪師郭新林、陳玉峰、潘麗水大師等人的作品！

雨夜酬神

五月。停滯的風，落不下來的雨，悶熱五月。成群烏雲蜷伏在天邊一角，這雨就是落不下來。

信智瞧向車窗外的景色，心情越發煩悶。令他不開心的，還有這趟旅程。他們這台裝滿家當的小貨車，預計一路往南，行經嘉南平原，停留高雄，再走至高速公路底端，左轉到屏東沿海，目的地是一間位於佳冬與枋寮交界處的小廟。

想到路途曲折，車程要數小時，信智挪了姿勢，整個身體斜倚在車門上。

「你這樣坐舒服嗎？」坐在中間的母親問。

他沒有回答，因為沒有一種姿勢在經歷漫長車程後還會是舒服的。

「坐沒坐相。」開車的父親碎唸了這句。

他將額頭貼上車窗，腦裡的思緒隨著路面不平而磕磕碰碰的。他實在不懂，為什麼非要這樣做？一家人，開著車，往南，再往南，去那間廟。

「我們一定要去嗎？」他問。

「我們不是每年都會去嗎？」母親話裡的和藹，沒有平緩他的情緒，反而加深了對於自己此時坐在車上的厭惡感。

「可是，沒有人要看布袋戲了。」

這話，他想講很久了。每年看戲的人，越來越少，去年也只有廟公和老里長全程在台下看戲。

「我們搬戲，不是給人看的。」父親加重語氣地說。

當然，他是知道的，他們在布袋戲接演機會驟減的現今，還拒絕了所有相近時間的請戲，就是為了自家傳統——「楊家班的酬神」，每年五月，千里迢迢地前往南部，無償演出，以感謝那間廟宇的神明救了小妹。

□

差不多是十年前，信智十一歲，小妹也才三歲，已經隨父母全台巡演布袋戲。對幫不上忙的信智與小妹來說，巡演最好玩的，就是在戲棚下第一排最好的位子上，吃一支糖。

糖，從哪裡來？向「聞戲而來」的攤販買的。在信智印象中，自己更年幼時，攤販總看準了廟宇演戲酬神的日子，特地來廟埕撿生意，數十家都是賣吃的，烤香腸、菜粿、龍鬚糖等庶民美食或涼飲冰棒，熱鬧極了。其中，定有一攤是糖葫蘆。糖葫蘆好漂亮，紅通通，亮著糖光，小孩只要望了一眼就會吵著要。裹在脆糖裡的水果多為烏梨，香脆酸甜。後來出現串小番茄和草莓的糖葫蘆，信智與小妹總愛買草莓的，一人一支，邊吃邊看戲。

父親曾說，信智與小妹宛如一對定心石，孩子戲棚下坐定了，父母親心也定了。而觀眾呢，更是如此，看見一對孩子看得入迷，認為有人看的戲肯定好看，因此吸引更多人來看戲。人氣就是這樣聚集起的。

當時的盛況，現在想來猶如幻境。雖然比不上民國五〇年代的金光布袋戲熱潮，但那幾年一家人從年頭演到年尾的情況還是有的，求得三餐溫飽沒有問題。那時，平日，父母親只接小場的、離家近的，下了戲還能趕上接送他與小妹回家的時間，再於晚餐飯桌上說說今天演了什麼好戲，觀眾是哭是笑還是感動涕零。假日呢，能跑多遠是多遠，一台貨車，父親開車，母親坐右邊，坐中間的他就抱著小妹，從雲林崙背出發，一路熱熱鬧鬧、顛顛簸簸，去大稻埕，去金山，去北埔，去新化，最遠還去過恆春咧！

小妹的意外就是在前往恆春的路上發生的。

起初小妹毫無異狀，車行到台南沿海的鹽田，還買了鹽味冰棒吃。艷陽使冰棒以飛快的速度融化，滴得小妹稚嫩的小手又濕又黏。信智帶她去水龍頭下洗手，看見折射的彩虹。

哥哥，是彩虹！她大喊，彩虹因此也折射進她晶亮的眼睛裡。

上車後，小妹開始昏睡，總以為是日頭太艷的緣故。到了屏東，小妹渾身發燙、翻起白眼、失去意識。父母在車上爭吵，究竟要折回高雄，還是趕往最近的醫院。不要吵了，不要吵了，小妹要死掉了！可能是他語氣裡的恐懼過於真實，讓他們心一橫，決定繼續走，直抵枋寮醫院。

他們在急診室裡狂奔，為小妹要到了一張病床。小妹躺在病床上，看起來身形更小了。醫生來診療，護理師協助打上點滴，看見小妹手裡緊緊握住她最愛的「尪仔」，一尊花旦，護理師直叫他們先拿開。信智將尪仔抱入懷裡，心情如抱著小妹。

幾小時後，他們從急診室移到病房，小妹仍高燒不退。母親守在病床邊，父親承受不了病房裡高壓窒息的氣氛，決定去張羅吃食。信智看了看母親與小妹逆光的剪影，又看了看父親急亂的腳步，最後跟著父親出去。

吃食，醫院販賣部就有，父親卻上了車，要信智一起來。醫院不會有小妹喜歡吃的，走，我們去買小妹喜歡吃的。父親這麼說。

行駛在市區，父親的表情猶如迷航，彷彿連自己都不知道在尋什麼。枋寮市區小小的，經不起如此亂繞，不一會，他們又回到醫院前。父親不認命，踩下油門，開得更遠，往海邊直去。

沿海小路的防風林，遮蔽了海港的視線，只能從樹縫裡看見一點點的碎裂的海。面對沉默的父親，信智很緊張，以為父親打算就這樣帶著他離開，離開枋寮，離開屏東，離開一切的一切。他緊緊抱著小妹的尪仔，不知道該阻止還是順應。

幸好，有一深紅色飛簷，從荒涼的風景裡揚起，攫住了父親的目光。

那是一座廟。

父親放慢車速，轉進岔路，在寬敞的廟埕停下。受到指引似地，父親失了魂魄般地走進去，似乎想看看廟裡祭拜的是哪尊神祇。信智自然也跟了進去，正好目睹父親一個震懾、跪下磕頭的瞬間。

何方神明這麼有神威？

信智仔細一看，坐鎮主殿的主神，眉清目秀，紅臉小童貌，無半點懾人威貌。更奇怪的是，祂竟將右腳蹺放左腳上，呈現蹺腳坐姿。他從未見過有神明如此「坐無坐相」的！

父親拉了拉信智的衣襬，低聲說：信智，是蹺腳仔神！快，你也跪下，小妹有救了，小妹有救了！

信智並不認識父親口中的「蹺腳仔神」，他只聽到小妹有救了，立刻雙膝臨地，誠心祈求神明幫忙。

他們激動的情緒，引起一位掃地老伯注意。老伯走來，細細問起發生之事，沉吟了一會，問小妹在海邊有沒有遇到什麼怪事？

父親搖搖頭，說她只吃了一支冰棒。

信智想了想，想起小妹吃完冰棒後曾走到一處池塘，盯著池面許久，喚她也不回應。他走過去，牽起她的手，嚇了一跳，小妹的手在艷陽下竟如此冰冷。他記得自己還以大人的口吻唸她，妳不能再貪吃冰了。小妹沒有反應，依舊出神地看著池塘。這池塘有什麼好看的？他問。池塘的水似乎頗深，陽光直射下仍呈現墨藍不見底的顏色。小妹回答得很慢，彷彿正在等腦中線路連接起來，好一會才說：不知道。那就別看了，走吧，阿爸阿母在等我們了。信智牽起她的手，上車後，小妹便開始昏睡了。

老伯淡淡地說，不知道你們信不信這款代誌，囡仔人容易卡到陰，蹺腳仔神抓陰很厲害，你把香火袋拿回去，試試看。老伯邊說，邊從抽屜中拿出一只紅布縫製的平安符，順時針繞了香爐三圈，猶如將整間廟的煙香都沾染了上去。

離開前，父親奉上大筆香油錢，拿了平安符與平安水，又急急趕回醫院。母親還來不及開口責備消失多時的他們，父親就搶先說他們遇到了蹺腳仔神，並把紅線平安符掛上小妹的脖子，又倒了一點平安水讓小妹喝下。

信智至今仍不知曉，究竟是巧合，還是神蹟，一、兩個小時後小妹體溫慢慢退降，甚至還開口討布丁吃。父親第一時間就去買布丁，母親則是呼叫護理師，而信智，信智握著小妹的手，清楚看見她脖子上的紅色平安符，寫了「廣澤尊王」四字。

小妹在醫院躺了兩天，慢慢地恢復了。出院後，父親與信智，帶著母親與小妹，去了那間位置偏僻的廣澤尊王廟。那日的老伯也在，聽廟公說才知道，老伯是村裡的老里長，退休後經常待在廟裡，掃掃地，幫幫忙。小妹機靈也不怕生，沒人教她，她也懂得向老伯道謝。老伯摸摸她的頭，跟她說，要謝就謝蹺腳仔神。

蹺腳仔？小妹複誦一遍。老伯指著神像說，妳看，祂把一隻腳蹺起來，不就是蹺腳仔嗎？小妹聽了莫名開心，邊笑邊說蹺腳仔，笑聲傳得整座大殿都是。

□

很後來信智才知道，蹺腳仔神——廣澤尊王，即是知名的小孩守護神。傳說中，他是牧童，修行成仙之時被家人拉住了腳，才成為今日的單盤腳坐姿；也因他年紀輕輕就得道升天，神尊面貌非常年輕。父親無意間走進那座廟，宛如冥冥之中的安排。

然而，若一切皆有安排，如今這個局面也是嗎？

信智命回憶退場，返回現實，他還在這台搖搖晃晃的小貨車裡。百般無聊又或是無處脫逃，他拿起小妹最喜愛的尪仔。

做戲的人，稱戲偶為「尪仔」，尪仔依角色分為生旦淨末丑，而小妹的尪仔是一尊花旦，劉海齊眉，青綠色衣裳有著粉色衣襬，又繡了不知名的花，予人的感覺十分嬌貴，整體做工也比練習偶精緻許多。

如平常撫小妹那樣，他撫了撫尪仔的額頭，才將手穿進偶中，把玩起來。

「食指放在頭。」他想起小妹病癒後的秋天，自己是這麼教小妹的，「大拇哥是尪仔的左手，其他三指是右手。」

然後怎麼動呢?小妹問。

小妹的手太小，手指亦不像他靈活，要驅動尪仔還是太難，既僵硬，又不協調，儼然是殭屍偶。

哥哥你不要顧著笑，教我嘛，教我。小妹嚷著臉都紅了。

「妳記得怎麼用手掌比數字嗎?」他用左手示範，從一比到十，手指頭輪流攤開又縮回，完成一次華麗的綻放。「要讓戲偶動起來，就比一四五七一。」

在「一」狀態下的尪仔，看起來像是害羞地將雙手交握，「四」和「五」的時候，它分別揮開了右手與左手，熱情迎接觀者。

為什麼又要回到「七」呢？小妹問。

「妳說話的時候總不可能一直把兩隻手都打開吧，手會瘦呀！所以打開了，要再收回來。」

喔。小妹雖然不太接受這個說法，還是勤奮地練習一四五七一的指法。

「現在教妳怎麼走路。花旦是女生，動作要溫柔，所以走路的時候要把雙手夾好，然後輕輕地左右搖晃。」

這樣嗎？小妹手晃的幅度之大，把尪仔頭上的墜飾搖得閃閃發光。

「不對啦。就跟妳說不能太粗魯了！」

她正在奔跑呀！女生總可以奔跑吧！小妹大聲反駁。

「奔跑不是這樣！是這樣！」信智手中的尪仔毫不拖泥帶水，以一個弧度，唰地，瞬間移動到別處。「這樣才叫跑！」他來回移動，似乎還撩起一陣陣風。

不要不要，蹺腳仔神都能蹺腳坐，我也要這樣跑。小妹繼續左右搖晃尪仔，弄得尪仔好似全身顫抖、行進中的喪屍。

信智氣不過，要父母親評評理，「小妹把傳統都打壞了！」

他們被逗笑了，安慰地說：小妹還小，她想怎麼玩就讓她怎麼玩。

信智想起這段往事，將手中尪仔也學小妹那般，搖搖晃晃，抖抖顫顫，從車窗右側走到左側，並唸起小妹為這尊花旦挑選的開場詩，王維的《紅豆》。

「為什麼選這首詩？」他曾經問小妹。

當時讀小二的小妹說得理直氣壯，因為我只會這一首呀！

紅豆生南國，春來發幾枝？
願君多採擷，此物最相思。

小妹會知道「思念」的滋味嗎？

「我們到了。」母親在車子駛入高雄市區時，出聲提醒。

高雄有廟請戲，狹小的廟埕，四周已被廟方先用紅繩圍起，避免香客停放機車。

這幾年各地廟埕越發狹窄，有的甚至沒有廟埕了，特別是在寸土寸金的都會區。幸好，布袋戲台也早已從厚實的傳統木製彩樓，演變為輕薄開展的看板戲棚，而如今的野台戲，一輛小貨車就能兼當戲棚與運具，上戲、收戲都輕鬆，也方便四處移動。

對信智來說，搭設戲台的過程，是他最喜歡的部分。電影中一台跑車能化身變形金剛，他認為，小貨車變身布袋戲台也同等精采。

變身過程中，他們運轉發電機，將電源線一一接上，因而有了音樂、有了燈光。接著，運用電力升起舞台，讓原本外型四方的車體，車斗處瞬間高出幾公尺空間，形成一座隱密後台。猶如對貨車進行拆解，他們爬高趴低，解開無數條束縛看板戲棚的繩索，讓戲台得以伸展手腳般地敞開，而彩色背景看板從最高處一路展開至地面，亦從後景堆疊至前景。同一時刻，戲台上以螢光彩繪的圖騰與字樣，也在眼前絢麗亮相。

戲台成功開展，讓信智內心飽滿，彷彿完成的，是夢境的搭建。

然而這座耗費心神的戲台，在烏雲滿布的天空下，倏地黯淡無光。他聞到大雨將至的潮濕氣味，卻一絲風也沒有，人如困獸。

父親催促他擺好椅子，等等戲就要開始了。

戲是要開始了，古廟參拜人潮來來往往，卻不見半個人在廟埕停下。今天演《三國》，桃園三結義。信智坐在音控區，播放背景音樂，讓關雲長的出場，氣壯山河，大義千秋。理當這時要再來個鑼鼓的鏗鏘，但信智見廣場空無一人，手便懶了，落了幾次鑼鼓應當作響的時機。

桃園三結義，台上勢必要有三尊尪仔。父親作為頭手，既要操演劉備，又得負責全場口白；母親是形同助手的二手，兩手分別操演關羽和張飛。可母親年紀漸長，要長時間雙手高舉，對她來說頗吃力，偶爾會與信智交換，讓信智上場，她到音控區。

戲碼後半部便是如此安排，信智右手扮關羽，左手持張飛，他與父親擠在悶熱的後台，汗水代替雨水不斷落下。從被汗水浸潤的雙眼望去，世界變得矇矓扭曲。他甩了甩頭，想要看得更清楚，因而清楚看見了，戲台前、觀眾席，只有三五人停駐，沒多久，又走了。一張張紅色塑膠椅僵放在那裡，宛如被世人遺忘卻誓死站崗的大軍，孤獨衛守邊陲之地。

「吾弟呀，你們兩人呆站在這，是何意思呢？莫非是煩惱那董賊？」這並不是原本的台詞，父親拉高了音調，試圖將信智拉回戲裡。信智清醒過來，暗想不妙，連忙動了動手中的尪仔，將戲演下去。

下戲，所有道具都收納回貨車。貨車移離廟埕正中心的位置，停放在路旁的榕樹下，看上去與一般貨車別無兩樣，無法想像它承載過風光的布袋戲大夢。

信智與父母親坐在廟埕的一處石椅上吃便當，沒有人說話。然而，就像沒有落下的雨，它沒有消失，而是在更深的雲層裡等待，等待第一道雷聲。

「信智，你剛剛是怎麼了？」父親的聲音平穩低沉，「鑼鼓沒有敲，搬戲到一半還出神。」

「你不也是，唸張飛的詞，聲音那麼沙啞，哪有氣勢。早就跟你說，我們應該學人家用錄音帶就好，多輕鬆。」

信智最無法忍受父親的一點，就是他那不願與時俱進的固執。這幾年，多少戲班的唸白與背景音樂都已經改為播放錄音帶，一鍵按下去，澎湃的鑼鼓來了，熱鬧的嗩吶來了，綿長的胡琴來了，男聲、男扮女聲輪番上陣，生旦淨末丑，尪仔也一個接一個登場。信智認為，將大部分事情交給科技，操偶師就更能把專注力放在尪仔的身段表演上。

「哼，你以為錄音帶可以完全取代現場嗎？能夠現場唸白是專業，何況我們的音樂已經大部分是錄音的，你只是偶爾敲個鑼鼓也不會。這樣會讓別人說，我們楊家班不專業。」

「別人？別人在哪裡？」

「意思是倘若沒有觀眾，你就無法好好搬戲嗎？」

「沒人看，誰知道我們搬的戲好不好？」

「你以為，搬戲是給誰看的？」父親的聲音越發大聲，雲層後頭也是雷聲陣陣，

「這個最簡單的道理，你若不懂，沒資格搬戲。」

父親站了起來，往前走幾步，又走回來，指著信智的鼻子說：「蹺腳仔神那場，你不准請尪仔！」

「哎呀，信智若不幫忙，怎麼忙得過來？」母親試著緩頰，並將父親如軍令般的

手放下。

信智卻再也不忍了，他也站了起來。

「隨便呀，我也不想幫。」

「小妹都死了，每年還去枋寮酬神？」

「阿爸阿母你們告訴我，這是在演哪齣戲？」

他的聲音雖不比雷聲，卻打進所有人心裡，轟隆作響。

□

小妹死了。小妹九歲的時候就死了。她參加校外教學，被海邊巨浪捲走。沒有躲過一劫的，還有當時也在岸邊的兩名同校生。

信智想不通，被神明救起的小妹，怎麼還是逃不了一死呢？既然如此，當初又何必救她？一場空。小妹的人生是空，布袋戲上戲下戲也是空，世間的所有一切，又怎麼不會是空呢？

他坐在車斗裡，不斷思索這些問題。離開古廟後，他不願回前座，而是自願坐在擁擠的車斗，跟著一車的戲台、尪仔、道具、桌椅一同被搖晃。他瞪著眼前被壓扁收納的戲台空間，希望自己也能成為一尊無主的尪仔，別人要他說什麼便說，要他做什麼動作便做。他深深被小妹的死，引出對生命無明無主的絕望。

拉開帆布一角，他試圖捕捉些許車間流竄的風。隨著車子走走停停，他靜靜觀看人世間的流動，目光經過了等綠燈一亮就要踩機車油門的斗笠老伯、樹下喝茶閒聊的大嬸們，還有無風靜止的椰子林、光線寧靜的村落。他在車斗裡對他們的人生置身事外，或許也對自己的人生置身事外。

小妹死了之後，什麼都變得不對勁，連布袋戲也變得不對勁。布袋戲自有淡旺季，農曆一、二、三月是大月，期間有許許多多的神明誕辰，戲從玉皇大帝聖誕演到土地公生日，三月瘋媽祖祭典自然也多，到了七月普渡也很熱鬧，再來就是十一月「謝平安」，邀請戲班演出「平安戲」，感謝神明一年的庇佑。演出機會較少的小月，大多是農務最忙的日子。再者就是一些零星的，與神明慶典無關的一般藝文演出。

一家人還在為小妹之死傷心，無心演戲，陸陸續續婉拒了不少邀請。直到他們回神過來，才察覺異狀，怎麼大月安靜得像小月、一整年都像淡季？不只是楊家班，其他戲團的情況也是如此，一年不如一年。

世人仰賴神明庇佑，靠神明吃穿的戲團更是如此。究竟是什麼悄聲消逝了？是慶典？是廟埕？是信仰？還是看戲的人？消失的事物，總是猝不及防，又或者早已醞釀許久，只是世人不察？

貨車駛到三角路口，有座以木架搭建的小型戲棚被拋棄路旁，棚上的彩龍祥雲已被日光曬白，殘破不堪，彷彿印證了這幾年布袋戲的頹勢。信智想多看幾眼，猶如悼念。然而一個轉彎，破戲台便被遠遠地拋扔後頭。

僅這短短一瞬的瞥見，讓他聯想起另一座戲棚。

那座戲棚在城市一處不起眼的公園旁，夾在人行步道與河堤之間，地方狹小到連狗都沒有意願在那塊地留下氣味。但戲棚就搭在那，有音樂，有尪仔，正賣力演出《西遊記》，被去公園找廁所的他和小妹撞見了。信智聽得仔細，那戲團跟楊家班一樣，背景音樂雖是錄音，唸白倒是現場的。

哥哥，這裡怎麼會有戲棚？小妹問。

一轉頭才發現，戲棚正對著一間義民廟。

「來酬神的吧。」信智說，隨後他們就像鑑賞家，圍著戲棚細細審視起來。「那戲棚比我們楊家班小多了，上頭的龍都褪色了，一點也不威武。而且小妹妳看，他這戲棚直接搭在地上，要移動的話還要整個拆掉！真麻煩！」

哥哥，裡頭有幾個人呢？小妹問。

可惜戲棚側邊用帆布遮蔽，看不見後台。來不及阻止，小妹竟上前偷偷掀開帆布一角。

剎那間宛如被邀請進魔術師的後台，他們一起看見了，木桿上放了整排仰面的尪仔，呈現下腰的U字形，而穿著白色無袖薄背心的中年操偶師，獨自一人，大汗淋漓。

原來只要一個人就能做戲嗎？

那操偶師熟練地變換手上的尪仔，動作流暢但不急切，很清楚每個尪仔的登場順序，而口白也是了然於心，聲腔因著角色而切換自如，是孫悟空，是唐三藏，是白骨精，是觀世音菩薩。完全符合父親時常掛在嘴上的布袋戲祕訣：「一口說出千古事，十指能操百萬兵。」

他們對於真相的揭露，吃驚得走不開。

「別吵人家。」父親不知何時走來，像抓小貓似地，把他們帶走。

他們隔著一條馬路，在對面靜靜地看戲。

阿爸，聲音好小，台詞都聽不清楚。

小妹一說，他才發現樂器與口白的聲量都像被刻意轉小，加上中間有馬路阻隔，若剛好遇到一陣車流浩蕩經過，戲台就宛如在遙遠彼岸上演著一齣默劇。不只如此，若駛過的車輛車身過高，那幾秒戲便被硬生生地切斷，演了什麼也不知道。

不像他們平常去庄內做戲，聲音定要讓整座廟埕都聽得見才行。那是一種不透過話語、內心自有默契的號召：大家來看戲囉！

「這裡是大城市，有它們的規定，太大聲會被檢舉。」

這樣神明還聽得見嗎？小妹問。

「當然聽得見。」

小妹點點頭，露出無憂笑容，大聲說：我以後也要像這樣搬戲！

□

像那樣搬戲。小妹是想獨當一面，一人搬演千古事百萬兵，還是不畏外頭有人無人，不妄想對面有神無神，那樣專注忘我地搬戲嗎？他好想問小妹。

信智思緒百轉，車子抵達枋寮小廟時，他感覺自己已然變老。

不祥的烏雲跟著他們南下，南方的天際一樣是欲說不說的暗陰。廟埕如今多了彩棚，興許是擔心下雨所搭建的吧。這雨肯定是會下的，而且滂沱。屆時即使有遮雨的彩棚，底下定沒有觀眾。他在心底再次嘲諷做戲的徒勞。

廟公見他們到來，笑意滿面地上前迎接，沒想到第一句話是：「唉，今年說不定就是你們最後一次來搬戲了。」

「廟公你不用擔心，我們答應蹺腳仔神了，每年不辭遙遠，一定會來！」父親懇切地說。

「我知道你們一定會來，神明都有看到你們的誠心。可是呀，這廟埕原是老里長的地，好心借我們用。前陣子他過世，子女嚷著要賣給建商，說不準，之後就要蓋透天囉。」

老里長逝世的消息，他們花了好一段時間消化。小妹死了，老里長死了，數年前第一次來廟裡的記憶，虛幻得如夢境。

父親收拾起自己的感傷，回頭望了廟埕，又急急用目光丈量馬路，不放棄地說：「沒關係，廟埕沒有了，這路也夠寬，我們就在這裡演。」

廟公嘆了口氣，又笑了笑，最後只說了謝謝。暗示未來的事，他也無從決定。

他們隨廟公入廟參拜，持香的父親明顯因為方才的壞消息而沮喪，眉頭深鎖，口中唸著比往常更多的話語，或許是向蹺腳仔神祈求廟埕之事，又或許是感念老里長當年的救命之恩。母親則是老樣子，見到蹺腳仔神總眼角帶淚，定是想起小妹，感謝祂願意帶著小妹修行。

蹺腳仔神帶小妹修行這事，是信智隨口胡說的，但他也是情非得已。小妹死的頭一年，他們照常來這裡酬神，母親一踏入大殿，便哭得魂魄無主，似乎世上沒有任何言語能向蹺腳仔神表達內心悲苦，唯有哭，撕心地哭，裂肺地哭。旁人說什麼，都無法撫平她的情緒，連老里長也無法。

「小妹跟著蹺腳仔神修行去了。」站在一旁的信智，也驚訝自己怎麼突然吐出這句話。

眾人目光看向他，他頓時有了上戲之感，只能硬著頭皮演下去。

「小妹跟著蹺腳仔神修行去了。」他跪在冰涼的地磚上，攬著母親無力的身軀，於腦內急速編排出一齣戲，「我夢見小妹。小妹，小妹她來找我，坐在一棵樹上，小腳晃呀晃。我唸她，太高了，下來。她說她不怕。我伸手想抓住她的腳，誰知，誰知，她就飛了起來，像蹺腳仔神那樣。她說，她要跟蹺腳仔神去修行，不用擔心她。她會在天上看我們搬戲。」

母親聽完，眼淚漸漸停了。對，搬戲，她喃喃地說，我們還要搬戲。她抹掉眼淚，在信智攙扶下，站了起來。自此，母親不再這麼哭過。

面對蹺腳仔神，信智的心思與他們不同。信智懊惱自己用謊言哄騙母親，否則他們何必在小妹死後又年年回到此地。他不說，也不敢說，他內心最深處認為是蹺腳仔神哄騙了他們，讓小妹活了又死。他毫無情緒地持香，迅速鞠躬完三次，便將香插入香爐，完成敬拜。

廟埕即將改建樓房一事，對他來說反而有種接近報復的快感，想著：看吧，戲演不下去，以後不用來了。

他仍與父親在鬥氣，父子兩人沒說半句話。但真要搭戲台時，他還是認分幫忙，只是離父親老遠。父親在東，他就在西，宛如空氣裡看不見的什麼要讓他們分離。戲台在沉降的夜幕中搭好了。信智按下開關，點亮了裝在頂蓬的燈光，瞬間將螢光戲台照得流光四溢。

但如他所料，台下沒有人。在這小小村落裡，人口本就不多，喜歡看戲的老人大多已凋零，這時候晚上七點又是吃飯時間，節目選擇多的電視自然比布袋戲好看。

他們在無人的廟埕，上演端午應景的《白蛇傳》。由於父親怒氣未消，不准信智

「請尪仔」，信智坐在音控區，無所謂地看著本由他操演的青蛇一角，在母親手裡呈現更嬌柔的姿態。青綠裙襬隨動作飄逸，頗有魔幻之感。

開演沒多久，原本悶熱停滯的空氣，突然被一陣帶有海味的大風吹開，彷彿宣告天空的大戲也即將拉開序幕。

信智三人不約而同抬頭，第一滴雨就這樣在他們眼前落下。接著，千千萬萬的雨，失重降落，頓時雨聲和水珠四濺。

那些雨，落在彩棚，落在戲棚，落在任何可以反彈的地方，碎裂成更小的水珠，迸飛進戲台。戲台上有許多沾不得水的道具與器材，被飛濺的雨水潑濕。

「小青，人世間呀，情關最難過。」父親勉強自己，將已經沙啞的聲音再拉高拉細，將白素貞的情意唸得婉轉動人，接著又換到小青，「姊姊，情，我不懂，但妳不能為一人，毀自己千年修行。」

傾盆雨勢下，父母親仍在操演尪仔，絲毫沒有要停下搶救器材的意思。

究竟是演戲重要，還是家當重要？

信智氣急地從音控區跳起來，不顧有沒有穿雨衣，跑入幾秒內就能將人淋個濕透的大雨中，為戲台降下透明塑膠帆布，防止雨水繼續往內潑灑。

塑膠帆布一落，信智覺得自己與父母親真的被隔絕在兩個世界。他們在小小的四方戲台，永恆地演戲，而他，獨自一人，於戲台之下，淋著人世間的雨，既冷且冰。

他猜想，這戲就將在整晚的暴雨中，無人觀看地結束吧。

信智猜錯了，彩棚下不知何時停了幾台機車，因為突來的雨勢而前來避雨。脫下安全帽，他們忙著拍掉身上的雨珠，直說：真怪呀，這雨又大又急，前所未見。

既然是避雨，大部分的人穿好雨衣便走了。只有少數人，就這樣留下來，邊等雨勢轉小，邊看戲。

有觀眾自然是好，但信智態度悲觀，認為他們是因為被困在這一場雨裡，才不得不將注意力放在舞台上來打發時間。這可稱不上真正的看戲！然而矛盾的是，他又覺得有人總比沒人好，期望這場雨能久久地落下，彩棚也能將觀眾久久地留下。

豈知，信智又猜錯了。

這雨說來就來，說停就停，約莫半個小時，雨停了。一位花衫大嬸猶如大夢初醒，趁著雨停空檔，騎上機車，頭也不回。台下觀眾原本十來人，現在也零零散散地回家去，留下他與清冷的廟埕對望。

一場空。又是一場空。

分不清是憤怒是悲傷是挫敗，他有股衝動，想將所有電源線拔掉，讓戲台瞬間失去燈光、音樂、口白，落入寂靜暗夜，回歸虛無。

他帶著毀滅的思緒望向戲台，白蛇傳正演到白素貞去寺廟尋許仙的橋段。輕透柔黃的光線，打在尪仔也打在父母親身上。他看見他們表情平靜、動作流暢，剛剛外頭的那陣風、那場雨、那些觀眾的來去，都沒有對他們造成影響。他們真真切切地活在做戲的當下，彷彿化身為尪仔，是白素貞，是小青，是許仙，是法海。

如此精神，戲台的對面有誰承接呢？

他從自身位置一眼望穿對面廟宇，直達廣澤尊王像前。下過雨後，視線更加清明。或許是錯覺吧，廣澤尊王的眼睛折射了小小的光，彷似那就是整座戲台的光，穿越了廟埕與馬路，又或穿越人世與神界的岸，最後全部收入祂眼底。

戲，不是做給人看的。信智想起父親說的。而神所看見的，或許也不只是戲台的戲，更是人生百態的戲。

就在信智幾乎要理解之時，瞬地，颳起一陣大風，把彩棚吹鼓了，又消散。而風帶來的海潮鹹味卻遲遲未散，提醒了信智，戲台離海邊僅一、兩百公尺遠。

隨著海風而來的，還有一名小女孩。

「哇，好像電視喔！」她忍不住大喊，小小的手被方才離開的花衫大嬸牽著。她所說的，是那塊防水塑膠帆布造成的效果，讓戲台如有一層螢幕，像極了電視。

不只是大嬸與女童，更多原本離開或經過的村民，趁著沒雨，返家後又攜伴回到戲台前，一時彩棚下也有六成滿。這讓信智相當震驚，戲團每年都來，卻從未有過眼前盛況。

女童穿著雨鞋，踩踏水窪，肆無忌憚。「阿嬤，妳看，好漂亮！」潮濕的光線，因女童刻意的踩踏，濺躍而起，分散成水花狀的彩虹。

哥哥，是彩虹！

信智循著記憶裡小妹的聲音，環顧了四周，發現大雨過後的廟埕，地面積累的水窪都成了鏡子，將戲台上五顏六色的燈光，映照得到處都是。霓虹遍地，水光斑爛。

棚架上的水珠、安全帽上的水珠、路旁反光鏡上的水珠，也都成了反射之處。於是戲台被無限擴展、複製、折射，處處都是七彩霓光，也處處都是耀眼戲台。他們被霓光所包圍，景象魔幻，不像世間所有。

雨，又開始下。這次沒有人急著回家。

女童坐在彩棚第一排，拉長脖子看戲。她睜著大大的眼睛，張著小小的嘴巴，看上去與小妹還真有些神似。

戲正要演到水漫金山寺，那是小妹最喜歡的片段。

信智心裡冉起一個瘋狂念頭。若將塑膠帆布升起，讓大雨成為戲中道具，上演一場逼真水戲，那會如何呢?他起身，又坐下，有些遲疑。真要這樣嗎?若是小妹在的話，她會怎麼說呢?

風從夜晚的海面而來，橫越所有的岸，海與陸，陰與陽，神與人，帶著冰涼細雨，落在他炙熱的心上。

下一秒，信智上前拉開塑膠帆布，打破台上與台下的界線。強勁的海風，將雨水吹得似雪花亂飛。觀眾因著雨水的助陣，大聲叫好。

信智望著觀眾席，望著廟的大殿，他頭一次覺得自己說的謊沒那麼差。小妹或許呀，或許真的就在蹺腳仔神身旁，站在神明的那岸，一起遙遙觀戲吧。

海風，夜雨，霓光。整座廟埕都是神明眼裡的戲。

此時信智還不知道的是，庄內在經歷了如夢似幻的這一晚後，看戲的人彷彿還不願清醒，逢人就說，那是他們這輩子看過最好的戲，期待明年，明年也要來看戲。

〈雨夜酬神〉完

島嶼上的神祇——
廣澤尊王

廣澤尊王，又有「蹺腳仔神」、「郭聖王」等尊號，其信仰最早起源於中國福建南安，並隨泉州移民渡海來台。廣澤尊王原為五代時期的郭姓牧童，十六歲得道升天時，被家人拉住左腳，故有了現在右腳盤起、左腳垂放的蹺腳姿勢。廣澤尊王由於神尊樣貌年輕，也被視為小孩或青少年的守護神；祂另一頗為人知的神力為抓鬼除魔、驅除瘟疫；又因祂姓郭，亦受到許多郭姓家族祭拜。

❖推薦走訪廟宇：雲林土庫鳳山寺、台南永華宮、台南西羅殿。

點燈

秀蓮嫁來竹山林家已經九年了。

她的家鄉在福建同安，隸屬廈門市。同安，有一個很美的別名，叫作「銀城」。聽老一輩的人說，那是因為古老舊城的東西寬、南北窄，形狀就像銀錠。秀蓮不確定老同安城的形狀是不是真如一枚銀錠，但在她心裡，同安確實就是一枚閃亮亮的銀錠子，閃爍著前世般的遙遠光芒。

秀蓮怎麼會嫁來台灣，嫁來這號稱前山第一城的竹山，與她可憐的家世有關。她父母早亡，由母舅帶大，為了能在母舅家安心立足，她盡了全力讓自己成為有用之人，煮飯洗衣，清潔整理，也幫忙照顧母舅的幼孩。然而母舅的孩子相繼出生，一個，兩個，三個，吃飯的嘴變多了，只能犧牲血緣最薄的她，讓她以新娘身分嫁來台灣，賺取家計。母舅的臉，神情有幾分酷似母親，當他低頭向秀蓮懇求，秀蓮就當那是母親的懇求，順從地嫁至全然陌生之地。

年月一晃，來台灣這麼多年，她沒回過同安半次，只每個月定期寄錢回去。她覺得這樣就好了。分隔兩岸，她與母舅家之間情感疏離得苦澀，被海水稀釋了，反而留有一份懷念與親切。她想就這樣遠遠地，守護心中的銀錠。

竹山，才是她的今生。

來台灣前，她已經仔細思量過了，如何快速地融入當地。外貌最容易改變，只要買幾件在地的衣服，穿上去便不像外地來的。她也謹記婚姻仲介說的，台灣人喜歡乖巧、刻苦、會做事的。幸好她在母舅家練就了照顧一家六口的本領，加上她天性膽怯，倒正好使得她走路、講話都有些柔弱，也算符合期待了。

差就差在口音，可能一張口就露餡了。這事，她早在同安就開始練習。練習不捲舌的普通話，並託人帶來台灣讀物，學繁體，學用詞，像「冰棒」不唸冰棍，「便當」不唸盒飯。這些日常詞彙的學習，都讓她覺得自己重新成為一個孩子，人生獲得第二次機會。

秀蓮沒料到的是，她渡了海，輾轉幾種交通工具，來到四面環山的竹山，聽見流動在路人與攤販、老人與小孩、男男女女之間的話語，竟是熟悉的閩南語，還是十分接近同安話的腔調。她走在異地，又不像在異地，土地好像是軟的，輕輕接住了因緊張因勞頓而全身僵硬的她。

那一刻，她感覺自己被陌生之境全然包容，內心湧現了無比的感激。這無處可訴說、只在心裡如火燭熠熠燃燒的感激，她全數回饋在丈夫阿煥與夫家身上。

從婚姻仲介所提供的照片，就能看出阿煥是個靦腆的老實人。照片中的他，眼睛不敢完全直視鏡頭，笑容甚至有些僵。秀蓮拿著照片端詳了許久，看不出阿煥有什麼「問題」，年紀三十初，手腳沒有殘缺，長相也稱得上好看，這樣的人有必要仲介婚姻嗎？後來才知道，阿煥天生「大舌頭」，從小講話不清楚，因而形塑了寡言的個性；若開口說話，向來也僅用單詞拼湊，自然不容易認識對象。這件事，秀蓮一點也不介意，反正她也不是多話的人，兩個人相處起來平平和和便好。

夫家是世代相傳的手工燈籠店，婆婆已經過世，由公公阿煌師和身為獨子的丈夫阿煥，以及店裡的兩名師傅，四個人共同支撐著。秀蓮的工作就是準備他們的餐食，主持所有家務，並清潔打掃環境。他們對她都很客氣，語言溝通也沒問題，一家人相處起來甚至比母舅家更加和樂。

秀蓮偶爾會在夢裡回到同安，夢到母舅為難的表情，夢到母舅的孩子嚷著肚子餓在哭泣。醒來時她總是撫著胸口，慶幸自己身在竹山。那種時刻，夜深人靜，她凝望窗外的月亮，虔誠地感謝天地，祈求這樣的幸福日子能一直過下去。

來台灣第二年，她懷孕了。那時月數小，小腹僅微凸，行動都還方便。她去了菜市場，向熟悉的肉攤老闆娘買了腿庫肉，打算放入豆干、紅蘿蔔、海帶一起滷。她都親切地喚老闆娘大姊，因為大姊總熱心地教她每種肉塊最佳的烹調方式。

甫從大姊的肉攤離開，她想著應該再買幾塊排骨，燉一鍋山藥排骨湯，幫公公與丈夫補補身體。於是又回過頭，在離肉攤幾步遠的地方，聽見了大姊跟其他客人閒聊，話題主角竟是她。

客人向大姊打探：「剛剛那位就是林家娶來的大陸新娘喔？」

「嘿呀，妳沒看，她都有身了。」

「她講台語真標準。」

「她福建來的呀。不過還是無仝款，聽得出來。」

聽見這席話，她沒有買排骨，也沒有直接回家。她走在路上，六神無主，不知道能去哪裡。走累了，就在路邊坐坐，摸著肚子，摸著肚子裡的孩子。眼淚就這樣掉了下來。

她覺得羞愧。原來再怎麼努力，她都不可能抹去自己是外地人的事實。大姊不是說了嗎，還是聽得出來，那非土生土長的口音。是的，一切好像都是速成的，像是上了補習班臨時惡補出來的。她還自以為天衣無縫。真傻。她感到甫展開的人生，好不容易有了光，又死去。尋一塊地方安身立命，就這麼難嗎？

「秀黏。」

她聽見有人喚她，彷若從微光處而來。

「秀黏。」

是丈夫阿煥，他坐在機車上，一臉納悶她怎麼坐在路旁。阿煥很快地步下機車，來到她面前。

「怎麼了？」他話語不清，但聲音溫柔，像她沒有的哥哥，也像她沒有的父親。

她流著眼淚，試著說清楚，說她的格格不入，說她再怎麼努力也沒有用。可能情緒使然，她無法好好控制自己的咬字和發音，倒顯得有點像阿煥的大舌頭了。阿煥能聽懂嗎？

阿煥蹲了下來，將手輕輕放在她的膝頭：「秀黏，就是秀黏。」

即使咬字不標準，秀蓮還是聽懂他在說自己，因而那句話，包含了阿煥的眼神與語氣，都讓她的靈魂深處有所觸動。

秀蓮，就是秀蓮。她記得了。

□

有了阿煥那句話，身分問題暫時被秀蓮擱下了。她順利生下孩子，是一名男孩，林家上下歡天喜地。那陣子夠她忙的，只會哭鬧的嬰兒最是費心，好在她曾經帶過母舅的孩子，倒也還有餘裕，還能像往常那樣張羅師傅的吃食，家裡店舖也依舊維持著整潔與秩序。偶爾，阿煌師、阿煥或店內師傅工作累了，也會主動幫忙帶一下孩子，轉換心情。秀蓮覺得，這個孩子的出生，讓「家」更是家了。

忙碌的狀態持續著，一直到孩子上了小學，她終於能稍微歇息。

細數了日子，秀蓮才驚覺自己嫁來台灣已經第九年了！也是這一年，阿煌師開始要秀蓮來燈籠店幫忙。

家裡燈籠店專做傳統手工燈籠，而手工燈籠最重要的材料之一，就是竹。盛產桂竹的竹山，對燈籠店宛如寶庫，倚山吃飯，自然生意興隆。然而當時代毫不留情地往前走，有了新科技、新材料，手工燈籠漸漸被大量生產的便宜塑膠燈籠所取代，致使燈籠店的生意也不復從前。

如今來訂製手工燈籠的，大多是講究傳統與品質的廟宇，畢竟給神明用的東西，要最好的才顯誠意。於是家裡燈籠店平時雖說不太忙，訂單一來也是很忙的。

秀蓮有些退卻，畢竟自己不懂怎麼製燈。阿煌師說沒關係，學了就會，他相信秀蓮聰明，上手只需要時間。

可是呀，宮廟燈的學問超乎秀蓮的想像。

有次秀蓮幫忙將畫好圖案、寫好字樣的燈籠，拿至戶外院埕懸掛風乾。她見寫了同間宮廟名稱的燈籠，有多只龍燈與鳳燈，心想廟宇主燈都是兩兩一對，故將龍與龍、鳳與鳳並列，如此師傅們遠遠看了，也能預想日後正式懸掛的模樣。

她很是滿意自己的巧心。

不料其他師傅見了，卻紛紛笑出來。他們說：「鼓仔燈被妳這樣排，都搞不清楚是何方神明了！」

秀蓮才知道，燈籠圖樣與主祀神明之間是有所關聯的。此次做燈的廟宇主祀天上聖母，主燈為龍與鳳成一對，這是女性神祇最常使用的燈籠圖案。秀蓮排列的龍與龍、鳳與鳳，倒變得不倫不類。其他圖案，如九龍戲珠，則多為武神使用，像是三太子哪吒、中壇元帥等。若是一對龍燈，兩隻龍還有公母左右之分，以傳統習俗男左女右來看，龍珠於左尾是公、於右尾是母，切記要掛一對。

秀蓮聽得一愣一愣的。她去廟裡，從未仔細看過懸掛的燈，並不知道宮廟燈藏有這樣的規矩。知道之後，她對匠人與燈籠都懷有更深的敬意，認認真真地投入製燈行列。

不出半年，秀蓮已經對製燈流程頗為熟悉——備竹片、套裝骨架、骨架整型、套燈皮、浸膠水、風乾、繪製圖案字樣。看似簡單，每個流程卻也細分出許多小步驟，光是上膠水等風乾就得重複多次。如此，一只燈籠的完成，也需幾個星期。

阿煌師見她手巧，讓她為燈骨整型。阿煌師說了，一只燈籠好不好看，除了上頭的圖案字樣，最重要的就是「形」。

燈籠的形狀多種，有如雞蛋的蛋形、上下微方的桶形、接近圓形的柑形。為了塑造完型，每一根竹條壓整的角度，以及整體竹條的角度和間距，皆需要非常精準，才能有三百六十度觀看都處於對稱的完美。於是，為燈骨整型也不是每位師傅都做得來，講究的技藝要嘛花時間練成，要嘛就要像秀蓮這樣有天生的好手感。

秀蓮喜歡這份工作。將有所差異、各自彎曲的竹條，調整成一致且整齊的弧度，融入一方燈籠裡，對她而言，實在療癒。

她低頭整竹時的專心，在無形中立了一道屏障，緩衝了外界的諸多干擾，卻也導致兒子小炫喚她時，足足喚了好幾聲，她才聽見。

她放下燈籠，親暱地將小炫擁入懷裡。

小炫剛上小學沒多久，處在看什麼都新鮮的年紀，放學回家的第一件事，就是向母親報告今天發生的所有事。小炫也不懂什麼重要，什麼不重要，連衣服上黏了一根俗稱「刺查某」的鬼針草，他也要指著衣服、滔滔不絕說是在哪裡沾上的，認為刺查某真的很刺查某，好刺好凶。

今天他還幫班上的沈姓女同學取名叫「沈大爺」。問他為什麼，他說這樣她會氣呼呼地追著他打，但都追不到，多好玩呀。還有呀，學校園圃裡開了黃色的花，他也不知道是什麼花，小小朵、黃黃的，引來好多粉蝶，數都數不完！

講了好一會，看似要結束，突然他又想到一件事，連聲音都拉高了：「我終於知道為什麼壯壯看起來跟我們不一樣了！」

壯壯，是小炫的同班同學，長得並不壯，只是名字有個壯字。小炫從以前就覺得壯壯跟他們都不一樣，說是長得不一樣嘛，當然每個人長相都不盡相同，但對小炫來說，「不一樣」是一種感覺，年幼的他說不出個究竟。

秀蓮聽了也起了興趣，「你發現什麼呢？」

「因為他媽媽是越南人啦！」

「他還會說越南話喔！」

「但是我們都聽不懂。我們笑他是從外星球來的！」

「結果他就哭著跑回家了，好弱喔……」

「我們幫他取好綽號了，就叫越南仔！」

小炫的每句話都扎在秀蓮心上，她一時也不知如何回應。

「對了對了，老師要我們今天回家填這個。」

他從書包裡拿出一張紙，上頭寫了家庭調查表，要填家庭成員、經濟狀況、家庭氣氛等，其中父母親的部分，有兩個框框可以勾選，分為本國人、外國人，若是外國人要備註國籍。

「真麻煩，好多地方要寫，有些我不知道怎麼寫。」小炫自顧自地說，完全沒發現秀蓮的表情越趨僵硬，彷彿多年來亟欲擺脫忘記的，瞬地又迎頭追上。

她著急地將那張紙拿過來，喃喃說：沒關係，媽媽幫你填。

小炫聽了很開心，一溜煙跑到院子追雞去了。

那張家庭調查表令秀蓮迷惘。秀蓮從皮包裡拿出幾年前核發下來的國民身分證，證明她確確實實是在地一員。只是，她究竟該勾選本國人，備註大陸配偶，亦或勾選外國人，括號已獲得台灣身分證呢？

秀蓮對自己生氣，生氣自己的身分，無法像貌似點頭得肯定的勾號，乾乾淨淨，理直氣壯，竟還需要備註與括號來說明。

花了一整晚思索，縱使秀蓮百般不願意，她還是將那張表填好了，並且刻意用練習多年的繁體字填寫。

一早起來，小炫看見空白的調查表已經填滿答案，開心地將它夾進課本裡，再收進書包。秀蓮載他上學，看見揹著書包的他與一群揹著書包的小學生，魚貫且別無二致地走進學校，她相信自己思索了整晚的填寫是正確的。

回家後，她揉了揉疲憊的雙眼。昨晚盯著本國人與外國人的兩個小框框太久，久到眼睛有些泛紅。她走至洗手台，洗了洗臉。沁涼的水冰鎮在發熱的臉頰上，令她決定放下家庭調查表的事，打起精神，繼續趕工燈籠店的訂單。

訂單是從台北大龍峒那邊來的，要為「保生大帝」做主燈。這尊神明，秀蓮從前在同安時就有聽過，同安也有祂的廟，據說是醫藥之神，很是靈驗，人們都稱祂為

「大道公」。小時候，好像也聽母親說過大道公的傳奇故事，只是故事說了什麼，她想不起來了。

給大道公廟的燈骨，幾日前已經定好型，刷了膠水在外頭風乾。秀蓮將它們提進來，於骨架再刷上樹脂，接著套上棉布製作的燈皮。雖然這只燈籠的高度與寬度都比小炫還大，但是幫不會頑皮跑動的燈籠套上燈皮，還是比幫小炫穿衣服簡單。

套好燈皮，她隔著棉布輕輕微調裡頭的竹條，讓它看起來圓潤對稱，再次整型。好了，她將燈籠提到裝滿洋菜膠的凹槽，拿成橫的，用懸空輕滾的方式，讓燈籠表面沾取一層膠，然後再懸掛在院子裡，再次風乾。

院子裡懸掛的數對燈籠，都是完工的成品，喜氣洋洋且色彩斑斕地展示宮廟之名或神獸之姿。唯獨秀蓮放上去的那對，還未有任何圖樣，透著盤古剛闢天地的初生薄光。風一來，輕盈搖晃，把秀蓮的日子也愉快地搖晃起來。

「從燈的樣子，能看出製燈人的心。」阿煌師不知何時走至秀蓮身後，同她凝視著燈籠。「秀蓮妳向來專心，燈骨自然漂亮，很好。」阿煌師不輕易誇獎人，秀蓮忍不住說了謝謝。

「妳知道我為什麼做燈嗎？」

她搖搖頭，從未想過這個問題。

阿煌師說起他小時候，有次在竹林玩耍，想像所有竹子都是士兵，將他團團圍住。他拿竹子削成的劍，這邊揮砍掉幾片竹葉，那邊刻畫出幾道刀痕，可謂一人抵萬軍。

他沉浸在武俠幻想中，一沒注意，天色就暗了下來。

那倒也不要緊，經常在走的路，他有自信摸黑也能到家。他穿梭在竹林中，傍晚獨有的濕氣，混著竹葉的清香，充斥在鼻腔。他喜歡這個味道。兩旁竹林傳來過分響亮的蟲鳴，偶爾伴有草蛇穿行的沙沙聲。腳步若停下來，似乎還能聽見自己的心跳聲，又近又遠。

月亮被雲遮住了，連一點點光都沒有。路燈，那個年代路燈還不普及。當然也沒有兼具手電筒、導航、通訊功能的手機。無光，使得世間所有顏色都變成深淺不一的黑。他走在真的很深很深的黑暗裡，原本短短幾分鐘就能穿越的竹林，突然變得沒有盡頭，走過的路彷彿又再次走過，成為無限連接的廊道。

鬼打牆。他想著這該不會就是老人家講的鬼打牆，終於害怕起來。他開始小跑步，試圖以更大的力量去跨越黑暗，卻似乎更加無法辨別方向。

可是呀，他的阿祖有跟他說過，竹山這小鎮，舊稱「林圮埔」，就是鄭成功的部將林圮，率了屯丁來此開墾才發展起來，而他們林家就是林圮後人的其中一脈。

既然如此，竹山的一切，地土草木、爬蟲走獸、開墾先人、孤魂野鬼、萬物神靈，是不是早在幾百年前就相互認識了呢？他走在這先祖之地，萬靈認得他的血脈源處，自有護佑，不用怕！

當他如此安撫自己時，竹林遠處有了一道光，紅紅的，朦朧的，飄移的，像水缸金魚在光線下悠游的樣子。他朝著那個方向前去，沒多久便穿出竹林，立刻被眼前景象震懾住——漆黑如墨水翻倒的寧靜田野間，亮起一盞盞又圓又紅的小型廟燈，糖葫蘆般，一個串著一個，向遠方延伸，堅定地往小鎮中心指引出一條返家的路。

對年幼的他來說，幫他指路的，不是那些燈籠，而是神明。

神明之光，借了人們的手，裝進燈籠裡，熠熠不滅。

「就是那時候，我決定成為製燈師傅。」

秀蓮聽了阿煌師的故事，內心感動莫名，甚至羨慕起阿煌師，人生曾有過不畏前路的時刻。

當她還沉浸在眼前的燈籠海，以及阿煌師故事裡的綿延紅燈籠時，噠噠的小腳步聲從後頭傳來。小炫從學校回來了，臉色卻十分難看。他急著要進屋，秀蓮將他攔了下來。

「怎麼了？」

小炫只是瞪著她，又低下頭，不說話。她蹲下身，讓自己同小炫一般高，溫柔撫著他的雙臂。

「怎麼了？」

宛如被火灼燒似地，小炫飛快甩掉她的手，並高聲大喊：「妳是騙子！」

那不同於小炫以往稚嫩可愛的喊聲，引得大家投來目光，連在遠處的阿煥都急急走來。

阿煌師立刻用稍具威嚴的聲音提醒小炫：「有話好好講。在學校發生什麼事？」

「對呀小炫，你好好說，媽媽不知道你在講什麼。」

小炫看了看阿煌師，又看了看秀蓮，勉強擠出幾個字。

「那張單子……」

秀蓮知道了。

走來的阿煥，見秀蓮臉色慘白，又見小炫嘴裡憋滿話，忍不住伸手抓住小炫的肩頭，再問：「小炫，什麼事？」

在大人視線環繞下，小炫一口氣講述了事情發生的經過。語句雖然跳來跳去，前後邏輯混亂，大致也能拼湊原貌。

「那張單子」，秀蓮幫小炫填好的家庭調查表，不知怎麼地，可能是小孩子好奇，彼此交換傳看，還傳到小炫最喜歡戲弄的同班女生「沈大爺」那。單子上，清楚展示了秀蓮在本國人方框裡寫下的勾號，勾號的尾巴甚至沒有超過框線，是那麼的小心謹慎。

沈大爺第一時間就問小炫是不是填錯了，他的媽媽怎麼會是本國人？明明就是大陸人呀！為了證明自己沒說錯，沈大爺又說她的媽媽還講過，就是因為小炫的爸爸大舌頭才會娶大陸新娘，跟壯壯的爸爸年紀太大娶不到老婆才娶越南新娘，都是一樣的。

在小孩子間陳述事實的話語裡，看似沒有惡意，但聽見的人都覺得心的骨架好像哪裡有了裂痕。

「媽媽，妳填錯了嗎？」猶如是想給秀蓮第二次機會，小炫小小聲地問，並用晶亮的小眼睛探詢著答案。

媽媽沒有填錯，媽媽有身分證，媽媽是台灣人，媽媽只是沒有把備註或括號或附帶說明寫上去而已。秀蓮理應可以這麼說，畢竟有法律在後頭撐腰，說是本國人並無不可。

只是她心底明白，小炫真正要詢問的，是她究竟從何而來。

她雙腳有些顫抖。她不知道如何去說。小炫對她的沉默失去耐心，似乎也從中摸索出事實的輪廓，只扔下一個帶有責備的問句，便直奔房裡。

「妳為什麼不是台灣人？」

□

後來幾日，秀蓮都在想小炫的那個問句。

為什麼？人生哪裡能回答為什麼？出生何處又豈是自己決定的？秀蓮打從出生一睜眼，就是同安人；有一對慈祥早逝的父母；一對將她當作外人的母舅與舅母；年紀輕輕嫁來陌生之地；想成為在地人，安安穩穩地過上一生，卻照妖鏡似地，被一個孩子揭穿謊言。

說到底，她會說這個謊，難道是為她自己嗎？不也是為了小炫？為了保護他不會落得和壯壯一樣被人嘲笑的下場。而她就算坦承了，坦承自己是外地人、是同安人，是否等同默認了阿煥的殘缺、婚姻的買賣，間接也令小炫成為不是因愛出生的存在？

她不願意讓外人這麼想他們。他們是貨真價實的一個家，家裡有愛，不是買賣。

可是，一個孩子哪能理解這麼多，對小炫來說，這就是一種謊。說謊的本身，或許比她不是台灣人更讓小炫難以接受。

她低著頭，在店裡的一角製燈，調整竹條的態度宛如在調整自己的思緒，成品卻也如紊亂的思緒，形成左高右低的不平衡弧形。

再重來一次吧，她想。然而，製了一只不好看的燈可以重來，不受眷顧的人生也可以重來嗎？

阿煌師見了，要她放下工作。他說，與其像現在做得零零落落，不如先不做。他領著秀蓮前去專門繪製燈籠的工作室。

繪製室在院子最安靜的房間，其中一面牆設置了玻璃窗，納進大量的自然光，讓繪師可以看清繪製的圖樣。燈骨塑型雖是製作燈籠最重要的步驟，然而在所有步驟中，「繪製」卻是最困難的，需要考量燈籠弧度帶來的挑戰，大小、筆順、配置都有其功夫，絕對不同於一般紙張平放的繪製。

此時，繪製室裡有位師傅正背對他們，讓外頭的輕透日光越過他肩頭，落在完成一半的燈籠上。師傅用畫筆沾染濃厚的紅色顏料，準備為燈籠做最後的廟名題字。

隔著玻璃，秀蓮認出這就是準備要送去大龍峒的燈。只是不知道大道公的主燈，在看不見的背面，繪上的是什麼圖樣呢？她耐心等待著。

師傅寫完最後一個字，旋轉了燈籠。在旋轉的過程中，秀蓮看清楚了，其中一只畫的是龍，另一只呢？是一隻老虎。原來大道公廟懸掛的燈，是一對龍虎。

看見那對龍虎，她想起了母親曾經說過的大道公傳說。據說大道公尚未成仙之時，醫術已經相當高明，有一隻患了眼疾的龍，不惜化作樵夫模樣請他治病；另有一隻吃了人的老虎，因為人骨哽住了咽喉而痛苦萬分，受到大道公的醫治後，悔改從善，成為他的坐騎。

龍與虎，皆是大道公醫治過的神獸，作為主燈圖樣再適合不過。

不過秀蓮想起來的，不只是傳說這麼簡單。她想起了，那是一個午後，他們一家人坐在屋外的樹下納涼，微風一來，被樹葉篩落的光點在他們身上亂竄。母親抱著她，指著兩條街口外大道公廟的方向，述說這些她從沒聽過的故事。她記得母親眼神帶光、表情生動，假裝自己是條龍，用手摸了摸她的眼睛，問她救不救？救！救！她被搔癢到只能邊喊邊笑地回答。原本拿著涼扇的父親，在一旁聽了，把涼扇一扔，說要成為秀蓮的老虎，感謝她的救命之恩，讓她攀在自己背上，揹著她在巷子裡胡亂走了好幾圈。

如果同安真的是可以拋棄的前世，為什麼她還珍惜著這些回憶不肯忘記呢？

而阿煌師最後說的話，讓秀蓮眼前的畫面全都濕亮起來，與父母親的影像融成模糊的暖光。

「秀蓮呀，來竹山開墾的我的先祖，林圯，他也是福建同安人呀。那妳說，我是同安人還是竹山人呢？」

□

這幾日，小炫還是沒有同秀蓮講上半句話。他見了她，要嘛躲得遠遠的，要嘛就緊緊閉著嘴，目光看向腳趾。秀蓮也不知怎麼化解，就這麼僵著。

大道公的燈都做好了，時間緊迫，燈籠又貴重，阿煌師吩咐阿煥親自開貨車送去，要秀蓮也一起去。

秀蓮本想婉拒：「小炫沒人照顧……」

「放心吧，才一天。你們僵著也是僵著，我趁這個時候開導開導他。」阿煌師說這話時顯得胸有成竹。

於是秀蓮與阿煥載著兩只四十吋的燈籠，北上去了。

秀蓮嫁來竹山後，很少離開竹山，更遑論是到台北。她覺得新鮮，睜著大大的眼睛四處張望。同安自然也有鬧區，高樓新廈，河流公園，因為地大總覺得排不滿似的；但台北不一樣，密密麻麻，沒有一塊地是空的，連小巷子裡也塞滿店家。

車子順著高速公路行駛，經過淡水河後，就下了交流道，沒多久便是大龍峒。大道公廟在很小的巷子裡，周遭隨著街市興起、時代變遷而變化，唯有廟宇還維持著古老模樣。

他們停好車，廟方主委已經慎重地在門口迎接。他們雙手提著又重又大的燈籠，走路重心側偏一邊地，隨主委穿過三川殿與中庭，直抵大殿，來到大道公前。大道公頭戴冠帽，留著長長的鬍鬚，表情平靜。

秀蓮見那神像，總覺得似曾相識。

「麻煩你們將燈籠提起來。」主委手持清香如此交代，接著低聲向大道公秉告，為了迎接之後的廟宇文化祭，訂製了一對新的主燈，手工製作，師傅來自南投竹山。

「為求慎重，請大道公看看，是否滿意？滿意的話，請賜下三個聖筊。」

秀蓮將燈籠提至額頭高度，雙手因為重量而微微發抖。可是她更擔心的是，若大道公賜下哭筊怎麼辦？她想拉長脖子看擲筊結果，旁邊的阿煥卻用表情示意她不用擔心。也對，整間店為了製作這對燈籠，每個步驟都用盡心力。於是她學他，閉上眼睛，身體站得直挺，聽筊杯在磨石子地滾動的清脆聲響。

主委擲了一次，一次，又一次，都是聖筊。

「既然大道公滿意，向大道公請示，是不是請師傅將新燈籠直接掛上？」

又是一個聖筊。

「好了。」主委轉過身，如釋重負地笑了。

主委請廟裡志工拿來鐵梯，讓阿煥登上去，秀蓮在下方遞燈籠，主委則幫忙扶著鐵梯。圍觀的，除了廟裡志工，還有香客與遊客。他們紛紛拿出手機，拍下這難得的畫面。

在眾人的凝視下，兩只燈籠都掛好了。秀蓮這才發現自己的手心全是汗，不只是因為付出勞力，也是由於為神明服務，心情格外謹慎，讓她既專注又緊張。

燈籠送來了，也掛好了，秀蓮與阿煥的任務算是完成了。但秀蓮總覺得還有什麼未完，迫使她頻頻回望如今已懸掛在主殿門口的燈籠。

「能不能晚點再走？」她問，「還沒看到點燈的樣子。」

阿煥看了看手錶，時間是下午三點多，縱使是冬季，天黑也要過五點。

「好。」阿煥立刻打電話回竹山，交代會晚點回去。接電話的是阿煌師，他說知道了，旁邊隱約傳來小炫高興的聲音，祖孫倆似乎約好要去後山竹林玩竹劍。

決定留晚一些之後，阿煥先到附近商店街買些吃食與飲料，秀蓮則在廟裡四處走走看看。身為百年古剎，大道公廟整體不似新建的亮麗，磚瓦與彩繪彷似隔了一層光陰，透著質樸的顏色。連空氣也是，幽靜沉穩，餘煙裊裊。

秀蓮發現來這裡的，許多都是慕名而來的外地香客。怎麼區分呢？外地人千里迢迢而來，行李帶得多，腳步也常常不太肯定，走了幾步又換個方向，索性就問擦身而過的香客，請問某某神尊在何處，或是參拜動線是如何。也有不少遊客，帶著相機，沒有點香，看見什麼新奇的，先拍下來就對了。

最令秀蓮驚訝的是，竟有不少外國面孔！日本、韓國、講英語的西方人，他們大多保持沉默，偶爾才低聲以母語交談。一波又一波的外國人，很自然就入境隨俗了，看見在地人如何敬拜，他們也雙手合十，朝大道公鞠躬三次。

阿煥帶了水煎包和紅茶回來，他們坐在廟宇最偏僻的角落，靜靜地吃起來。

「你覺得，大道公聽得懂他們說什麼嗎？」秀蓮的目光仍落在外國遊客身上。

「阿爸講過，神明，什麼都聽得懂，無論你來自何方。」阿煥咬著水煎包如此說。

秀蓮心裡原本揪緊的某處，似乎開始鬆動。

「妳知道，大龍峒，這尊，大道公，是哪裡，請來的嗎？」換他反問。

「哪裡？」

「福建，同安。」

「同安？」秀蓮以為自己聽錯了。她知道家鄉的大道公頗為靈驗，也有不少主祀廟宇，但……

「清朝，同安人，來台灣開墾，將大道公分靈，帶來，保佑平安。大道公成仙前，叫吳夲，出生在宋朝，也是，同安人。跟妳，一樣。」阿煥的大舌頭，讓他講話有些費力，久了便也習慣說得短短的，然而這次阿煥不僅話說得長，他的每個字更是清晰地落進秀蓮的心裡。

秀蓮無法形容此刻的感覺，腦裡聲音亂哄哄的，卻又有著被雷電劈到的清醒。那道雷有一條很明確的軌跡：作為同安人的大道公，因為醫術高明，仙逝後被眾人敬拜，成為同安的在地信仰；阿煌師的祖先，來自同安，在明鄭時期渡海來到竹山；將近一百年後，清代同安移民來台，帶了大道公的分靈落腳大龍峒；又過了兩百年，身爲同安人的她，依循這樣的前路，渡海，來台，生根，走在竹山，走在大龍峒。她是這塊土地的新住民。

前世今生，前世今生，或許都只是宇宙裡註定的一道流光。

「哪裡人，不重要。秀蓮，就是秀蓮。」

阿煥這次將「秀蓮」兩字講得無比清晰，令她想起來台灣之前勤練咬字的自己。阿煥是不是也偷偷練習著，將她的名字講得更為清楚呢？

秀蓮，就是秀蓮。

身為何秀蓮，存在的本身，超越國籍、超越來處。

她想，不諳說話的阿煥，應是這個意思。

傍晚六點，燈亮了。光從燈籠裡透出來，龍與虎宛如也從沉睡中甦醒，化作了大道公夜裡清明的眼睛。

頓時秀蓮覺得自己好傻，又覺得自己好幸運。

那對龍虎燈，在秀蓮充滿淚光的觀看下，暖融融的，彷彿自己也在那光裡，被暖融融地照亮，哪裡也不想去了。或者是說，無論是同安的秀蓮，還是竹山的秀蓮，都在這裡，找到了安身之地。

〈點燈〉完

島嶼上的神祇——保生大帝

保生大帝，俗稱大道公、吳真人，宋朝同安人，擁有點龍眼、醫虎喉、治療宋仁宗母親等傳説，被視為醫藥之神。保生大帝的信仰，早期隨同安移民渡海來台，除了有守護鄉土的意涵，亦發展出藥籤文化。保生大帝廟宇遍及全台，其中台北大龍峒保安宮，每年農曆三月舉辦保生文化祭，透過祭典、遶境、展演，讓宗教融入生活，展現百年信仰的活力。

❖推薦走訪廟宇：台北大龍峒保安宮、台中賴厝廍元保宮、台南學甲慈濟宮。

後記——

無常之下，彌足珍貴的日常

我偶爾會想，日常，究竟是什麼呢？

自二〇二四年出版《眾神之島》後，陸陸續續收到各方好評，有讀者喜歡愛看電影、討厭雷神索爾的台灣雷神—雷公，有讀者使用「雞腿萬歲」作為通關密語，有讀者敲碗下一集或表示想讀某某神明的故事，更多的回饋是：原來台灣傳統神明這麼可愛這麼親切，讓他們想要了解更多這片土地上，人與神的日常。

《眾神之島》也幸運入選文化部辦理的「二〇二四文化黑潮之拓展臺流文本外譯Books from Taiwan（BFT）2.0計畫」全譯本，期待未來有機會透過外語翻譯出版，讓不同國家的讀者都能認識台灣眾神的獨特性。（甚至來台灣朝聖！）《眾神之島》亦登上知名電子書平台Readmoo讀墨的「二〇二四年度百大暢銷榜（文學類）」，實在深感榮幸。

在此感謝每位喜歡《眾神之島》的朋友。本來無論評價，基於記錄與分享在地信仰文化的書寫使命，它都會是長遠的系列之作。如今有了喜愛與支持，《眾神之島2》的出版是既安心又緊張，希望能不負期待。（《眾神之島3》也正在創作路上）

延續本系列的調性，《眾神之島2》新邀請六位神明降臨，祂們分別是：虎爺、金聖孔雀、灶神、門神、廣澤尊王、保生大帝。

台灣傳統信仰神祇眾多，書寫何位神尊，是創作構思的重點。除了延續《眾神之島》採用的信仰崇拜三大分類（自然崇拜、庶物崇拜、人類崇拜），亦考量神明的大眾／小眾、常見／稀有、知名／少聞，略作均衡安排。希望以新視角翻寫熟悉的神明，同時為讀者引介日常中可能被忽視或遺忘，但仍堅守一方的默默神祇。

對我來說，日常，意指「平常的每一日」，一個日子接著一個日子，可能千篇一律，可能微不足道，可能平淡無奇，因而像翻閱日曆，容易被忽略度過。

然而，世間瞬息萬變，當一個「無常」闖進「日常」，即是考驗的開始。

《眾神之島2》的故事也是如此，六篇短篇小說中，有關掉陰陽眼後反而看得見虎爺的因禍得福；尋找消失的金聖孔雀，才發現比起錢財，人情的牽繫更為貴重；一趟返國旅程，牽起了父與女、灶神與法國餐廳的緣分；一樁金牌失竊案，引發的門神尊嚴保衛戰；為了感謝廣澤尊王的救命之恩，滂沱夜雨中如何演一場酬神布袋戲；無法遺忘的移民身分認同問題，透過製作保生大帝的宮廟主燈，安定了心神。

六篇小說主角，各有各的難關，神明做的往往只有守望，真正能使人走出難關的，還是人自身的力量；也因為經歷了無常，才明白那無聊單調的日常，才是最好最珍貴的。猶如金聖孔雀的羽毛，那般燦爛。

在燦爛之中，能夠同行的人，都深深感謝。感謝我的「廟公」L，陪我尋訪廟宇、練台語、做最嚴格的顧問；感謝家人朋友給予建議，並親臨分享會現場，讓我備感支持；感謝蓋亞總編育如與責編亘亘在每個出版環節的用心；感謝國藝會的認同與支助；感謝書寫廟宇、神明、文化相關書籍的前輩，由於他們的多年付出，我這個後輩才能獲得如此豐厚的參考資源。

最後，感謝書寫時刻降臨的神。每個靈感瞬間，都告訴我，祂們一直都在。

光風

2024.8.2

寫於一個平凡的燦亮日常

參考書目與影音

《台灣門神圖錄》康鍩錫／貓頭鷹／2021
《圖解台灣傳統宗教文化》謝宗榮／晨星／2020
《圖解台灣廟會文化事典》謝宗榮／晨星／2020
《台灣近代廟宇神符圖錄彙編》楊士賢／博揚／2020
《神靈台灣》林金郎／柿子文化／2018
《戲棚腳：臺灣傳統戲曲選集》林茂賢／豐饒文化／2018
《認識布袋戲的第一本書》林明德／五南／2018
《一本就懂台灣神明》陳虹因／好讀／2017
《聽！台灣廟宇說故事》郭喜斌／貓頭鷹／2016
《圖解台灣民俗工藝》謝宗榮、李秀娥／晨星／2016
《圖解台灣神明圖鑑》謝奇峰／晨星／2014

《門上好神：臺灣早期門神彩繪1821～1970》李奕興／文化部文化資產局／2013

《台灣廟會工藝與戲劇》郭麗娟／晨星／2011

《台灣的虎爺信仰》高佩英／遠足文化／2006

《寶島神很大》／三立台灣台29頻道／YouTube頻道，https://www.youtube.com/@godBlessBaodao）

《台灣百廟》／高點綜合台44頻道／YouTube頻道，https://www.youtube.com/@CH44）

國家圖書館出版品預行編目資料

眾神之島2／光風 著.
——初版.——台北市：蓋亞文化，2025.01
面；公分. -- (島語文學；14)

ISBN 978-626-384-165-9（平裝）

863.57 113020347

島語文學 014

眾神之島2

作　　者　光風
封面插畫　黃九子
裝幀設計　謝捲子
責任編輯　盧韻亘
總 編 輯　沈育如
發 行 人　陳常智
出 版 社　蓋亞文化有限公司
地址：台北市103承德路二段75巷35號1樓
電話：02-2558-5438　傳真：02-2558-5439
電子信箱：gaea@gaeabooks.com.tw
投稿信箱：editor@gaeabooks.com.tw
郵撥帳號 19769541　戶名：蓋亞文化有限公司
法律顧問　宇達經貿法律事務所
總 經 銷　聯合發行股份有限公司
地址：新北市新店區寶橋路二三五巷六弄六號二樓
電話：02-2917-8022　傳真：02-2915-6275
港澳地區　一代匯集
地址：九龍旺角塘尾道64號龍駒企業大廈10樓B&D室
電話：+852-2783-8102　傳真：+852-2396-0050
初版一刷　2025年01月
定　　價　新台幣 300 元
Published and printed in Taiwan

ISBN 978-626-384-165-9

本書獲 財團法人 國家文化藝術基金會 National Culture and Arts Foundation NCAF 獎助

Gaea

Gaea

Gaea

Gaea